BLOOM OF MAGIC

EVELYN WILLOW

Impressum:
Bibliografische Information der Deutschen Nationalbibliothek. Die Deutsche Nationalbibliothek verzeichnet diese Publikation in der Deutschen Nationalbibliografie; detaillierte bibliografische Daten sind im Internet über http://dnb.d-nb.de abrufbar.
Veröffentlicht bei Infinity Gaze Studios AB
1. Auflage
September 2024
Alle Rechte vorbehalten
Copyright © 2024 Infinity Gaze Studios
Texte: © Copyright by Evelyn Willow
Cover & Buchsatz: V.Valmont @valmontbooks
Das Werk ist urheberrechtlich geschützt. Jede Verwertung außerhalb des Urheberrechtsgesetzes ist ohne Zustimmung von Infinity Gaze Studios AB unzulässig und wird strafrechtlich verfolgt.
Infinity Gaze Studios AB
Södra Vägen 37
829 60 Gnarp
Schweden
www.infinitygaze.com

Kapitel 1

DIE EINSAMKEIT DER BLUMENHEXE

In den Tagen des Alten Reiches, als noch die Mysterien der Welt in den stillen Winkeln der Erde verborgen lagen und das Wissen der Magie von wenigen Erwählten gehütet ward, lebte eine Maid namens Mara, die da wohnte in einer bescheidenen Hütte, einsam und fern gelegen am äußersten Rande des Dunkelwaldes, dessen Pfade von keinem Sterblichen ohne Furcht betreten wurden. Hoch ragten die uralten Bäume, deren Wurzeln tief in das vergessene Erdreich griffen, und ihre Äste, gleichsam knorrigen Fingern, verschlungen in einem ewigen Geflecht des Schweigens, schufen einen dichten Baldachin, durch den kaum das Licht der Sonne drang. Der Wind, der durch die Zweige fuhr, trug oft die Klagen vergangener Zeiten mit sich, als flüsterten die Geister der Toten noch immer ihre ungehörten Bitten ins unendliche Nichts.

Dort, in jener abseits gelegenen Behausung, die nicht viel mehr war als eine Hütte aus altem, gespaltenem Holz, umrankt von wuchernden Pflanzen und von der Zeit gezeichnet, wohnte Mara in schweigender Einsamkeit, fern der Freude, fern der Gesellschaft der Sterblichen. Von Kindesbeinen an hatte sie die Kunst erlernet, den Blumen des Feldes und des Waldes magische Kräfte zu verleihen, indem sie ihre eigenen Seelenkräfte in die zarten Blütenblätter und grünen Stängel einwebte. Die Kräuter und Blumen, die sie mit ihrem Wissen und ihrer Gabe durchdrungen hatte, konnten Wunden heilen, Krankheiten abwenden und sogar, wie es die Alten zu sagen pflegten, das Herz eines Menschen vor dem Tode bewahren, wenn die Not am größten war.

So kam es, dass die Menschen des nahen Dorfes, gelegen am Fuße des Berges, sie zwar suchten, doch stets mit zögerndem Schritte und gesenktem Haupte, denn sie fürchteten ihre Macht und die Geheimnisse, die in den Tiefen des Waldes verborgen lagen. Dennoch erkannten sie ihre Fähigkeiten als Heilerin an und brachten ihr, wenn auch widerwillig, ihre kranken Kinder, ihre verwundeten Männer und ihre leidenden Frauen, auf dass sie durch Maras Kunst geheilet würden. Und wahrlich, Mara versagte ihnen ihre Hilfe nicht, sondern bereitete die Tränke und Salben aus den Blumen und Wurzeln des Waldes, die sie selbst mit Magie erfüllt hatte, sodass die Wunden heilten und die Kranken wieder gesundeten.

Doch wie es so oft geschieht mit denen, die eine Gabe besitzen, welche über das gemeine Volk hinausgeht, ward Mara gleichsam geachtet und gemieden. Die Menschen sprachen wohl von ihrer Weisheit und Macht, doch es geschah hinter vorgehaltener Hand, in den Fluren und Stuben, dass sie sich flüsternd Geschichten erzählten von der Hexe des Waldes, deren Augen in der Dunkelheit zu leuchten vermögen und die mit den Geistern der Bäume Zwiesprache hält. Ihre Worte waren getränkt mit Ehrfurcht, doch ebenso mit Argwohn, und so geschah es, dass Mara, obwohl sie ihnen half, stets eine Fremde blieb, die nie ganz zu ihnen gehörte.

Die Einsamkeit, die sie umgab, war nicht allein der räumlichen Entfernung von den Dörflern geschuldet, sondern entsprang auch jenem tiefen Graben der Andersartigkeit, der sie von den

Menschen trennte. Sie spürte es in den Blicken, die sie verfolgten, wenn sie sich dem Dorf näherte, um ihre Dienste anzubieten; sie spürte es in der Art, wie die Mütter ihre Kinder näher an sich zogen, sobald sie ihres Weges ging. So wählte Mara den stillen Pfad der Abgeschiedenheit und verweilte zumeist in der schützenden Umarmung des Waldes, wo die Blumen ihr Gesellschaft leisteten und die Bäume ihre stummen Wächter waren.

Oftmals, wenn die Nacht sich über das Land senkte und die Sterne gleich funkelnden Juwelen den dunklen Mantel des Himmels schmückten, saß Mara in ihrer Hütte bei schwachem Kerzenschein, den Duft der violetten Blüten um sich her spürend, und lauschte den Geräuschen der Nacht. Es war eine Stille, die weder bedrohlich noch freundlich war, sondern schlichtweg da war, wie ein ewiger Begleiter ihrer einsamen Tage und Nächte. In diesen Stunden fühlte sie das Gewicht der Jahre, die sie so verbracht hatte, und in ihren Gedanken regte sich oft die Frage, ob sie jemals anders leben könne, als sie es bisher getan hatte.

Doch gleichwohl sie die Einsamkeit tief in ihrem Herzen verspürte, vermochte Mara nicht, sich von der Magie und der Macht des Waldes zu lösen, denn sie war mit ihm verbunden auf eine Weise, die nur wenige zu begreifen imstande waren. Der Wald war nicht bloß ihr Heim, sondern er war ein Teil ihres Wesens geworden, und die Blumen, die sie mit ihrer Magie erfüllte, waren gleichsam Auswüchse ihres eigenen Seelenlebens, die tief in die Erde wurzelten und sie unlösbar an diesen Ort banden.

So lebte Mara fortan in stiller Abgeschiedenheit, fern der Freude des Menschlichen, doch umgeben von der Magie, die in den Blumen blühte, und in der Gewissheit, dass ihre Gabe, obgleich sie sie zur Einsamkeit verdammte, auch jene war, die das Gleichgewicht des Waldes und der Menschen, die am Rande dessen lebten, bewahrte. Und wenngleich sie oft die Kälte der Einsamkeit spürte, so wusste sie doch, dass sie eine Hüterin war – eine, die die Geheimnisse des Waldes kannte, welche dem Rest der Welt verborgen blieben.

Kapitel 2

DER GEHEIMNISVOLLE FREMDE

Es begab sich an einem jener Abende, da der Himmel gleich einem weiten, unergründlichen Meer in blutroten und violetten Farben erglühte, während die Sonne hinter den ferngelegenen Bergen versank und die Schatten des Dunkelwaldes sich lang und düster über das Land erstreckten, dass Mara, die Blumenhexe, mit sorgsam bedachten Schritten ihren Pfad durch das Dickicht verfolgte. Ein leiser Wind wehte aus dem Herzen des Waldes heran, mit sich tragend den schweren Duft von feuchtem Laub und den unheimlichen Hauch jener Geheimnisse, die seit unzähligen Zeiten in den Tiefen der Bäume ruhten und von keiner Menschenseele vollends ergründet worden waren. Die Zweige knarrten leise, und das Rascheln der Blätter glich dem Wispern längst vergessener Geister, die, unsichtbar und formlos, die Pfade des Waldes durchstreiften, gleich Ruhelosen, die ihrer Bestimmung nicht hatten entkommen können.

In solcher Stunde, als der Tag sich dem Ende zuneigte und die Dämmerung gleichsam mit einem Mantel des Schweigens die Welt umhüllte, schritt Mara auf einer jener verborgenen Lichtungen, die tief in das Innerste des Waldes gehüllt waren und nur selten von den Füßen Sterblicher betreten wurden. Ihre Augen, scharf wie die einer Eule, erfassten eine Gestalt, die wie ein gestrandetes Wrack am Rande der Lichtung lag, regungslos und von der Welt verlassen. Sie schrak zurück, als hätte das Gewebe der Wirklichkeit selbst einen Riss erlitten, denn es war nicht üblich, dass sich Menschen ohne den Ruf des Todes in diesen abgeschiedenen Teil des Waldes verirren sollten.

Mara, bewegt von einer seltsamen Mischung aus Neugier und Mitleid, trat näher, und als sie sich über den Fremden beugte, erkannte sie, dass er ein Krieger war, gehüllt in einen zerschlissenen Harnisch, dessen Metall von rostigen Flecken und tiefen Schrammen zeugte, als habe er viele Schlachten geschlagen und sei letztlich doch von einer größeren Macht niedergerungen worden.

Sein Antlitz, einst wohl von kühner Schönheit und edlem Wuchs, war bleich wie der Schnee auf den Gipfeln ferner Berge, und tiefe Furchen zogen sich über seine Stirn, als habe er lange Qualen erlitten. Dunkle Locken fielen ihm in das Gesicht, und Blut, gleichsam schwarzem Schlamm, klebte an seinen Lippen, die in schmerzverzerrtem Schweigen verharrten.

In seinen Wunden, die ihn zeichneten wie Male der Verdammnis, sah Mara eine Art von Verletzung, die weder das Werk bloßer Menschenhände noch das Resultat gewöhnlicher Waffen gewesen sein konnte. Sie waren von einer solchen Tiefe und Finsternis durchdrungen, dass sie gleich den Zeichen einer uralten, unheiligen Macht wirkten, die mit heimtückischem Bedacht den Leib des Kriegers zerstört und ihm den Lebenssaft entrissen hatte. Doch trotz alledem spürte Mara, wie ein schwacher Pulsschlag noch durch seine Adern pochte, ein Flüstern des Lebens, das, so sehr es auch an den Rand des Erlöschens gedrängt war, doch noch immer wider den Tod ankämpfte.

Mit schneller Entschlossenheit, deren Ursprung aus jener inneren Berufung stammte, die sie von Jugend an begleitet hatte, ließ Mara keine

Zeit verstreichen, sondern beugte sich tiefer hinab, hob den reglosen Körper des Fremden behutsam an und spürte dabei die erdrückende Schwere seines geschundenen Leibes. Mit Mühe brachte sie ihn auf ihre Schultern und trug ihn, langsam und bedacht, durch die dichten Bäume hindurch zurück zu ihrer Hütte, die verborgen im Schutze des Waldes lag, wie eine Oase des Lebens inmitten der Wildnis.

Der Weg war beschwerlich, und die Dunkelheit breitete sich rasch aus, doch Mara, gestählt durch die Jahre der Einsamkeit und die beständige Übung ihrer Künste, ließ sich nicht beirren. Schließlich erreichte sie ihre Hütte, deren kleines Fenster mattes Licht in die herabsinkende Nacht hinauswarf. Sie legte den Mann auf das grobe Lager, das aus Moos und weichen Fellen bereitet war, und entzündete eine Reihe von Kerzen, deren Flammen in der stillen Luft flackerten, als ob auch sie die Dringlichkeit des Augenblicks erahnten.

Mit ruhigen Händen begann Mara, die zerschlissene Rüstung des Kriegers zu lösen und die Wunden zu entblößen, die unter dem vernarbten Metall verborgen lagen. Die Verletzungen waren tief und unnatürlich, doch Mara, ihrer Aufgabe bewusst, holte eilig ihre Kräuter und Blumen hervor, die in kleinen irdenen Gefäßen sorgfältig gelagert waren. Einige dieser Pflanzen hatten sie in den Tiefen des Waldes gefunden, in dunklen Nischen, die nur jene betraten, die das Wissen der Alten kannten. Andere waren zarte Blüten, die sie selbst mit ihrer Magie erfüllt hatte, sodass ihre Kräfte die Wunden, die das Fleisch zerrissen, wieder zu schließen vermochten.

Mit gedämpfter Stimme sprach Mara die alten Worte der Heilung, Worte, die sie von den Müttern ihrer Mütter erlernt hatte, deren Klang die Luft in der Hütte mit einer sanften, doch eindringlichen Macht erfüllte. Ihre Hände glitten behutsam über die Haut des Kriegers, legten die Blüten auf die klaffenden Wunden und füllten die Risse seines Leibes mit der heilenden Magie, die tief in den Wurzeln des Waldes und in den Blumen selbst schlummerte.

Die Zeit verging in stillem Gebet und konzentrierter Arbeit, und als die Nacht ihren tiefsten Punkt erreicht hatte und nur noch die Sterne über dem Walde wachen, zeigte sich schließlich die erste Spur der Genesung. Der Atem des Kriegers wurde ruhiger, seine blasse Haut nahm eine zarte Röte an, und das Zittern seiner Glieder ließ nach, als habe die Dunkelheit, die ihn umfangen hatte, endlich ihren Griff gelockert.

Mara, die über das Bett gebeugt verharrte, spürte, wie die Schwere der Sorge allmählich von ihren Schultern wich, doch wusste sie, dass der Weg zur vollständigen Heilung noch weit und voller Gefahren war. Der Krieger, dessen Name ihr noch unbekannt war, barg Geheimnisse in sich, die weit größer waren als jene, die sie je zuvor erblickt hatte. Doch sie würde wachen, so wie der Wald selbst seit unzähligen Zeitaltern über seine Geheimnisse gewacht hatte, auf dass das Leben, das noch in ihm pulsierte, nicht vergeblich erlosch.

So begann jene Nacht, in der Mara, die Blumenhexe, einen Mann rettete, dessen Schicksal untrennbar mit dem ihren verbunden war, und dessen Ankunft nicht bloß das Ringen mit dem Tode, sondern auch den Beginn eines neuen Kapitels in ihrer einsamen und doch so bedeutungsvollen Existenz markierte.

Kapitel 3

DIE HEILUNG BEGINNT

Und es geschah, dass Mara, die Blumenhexe, in den Tagen, da der verwundete Fremde unter ihrem Dach ruhte, sich in geduldiger Sorgfalt der Heilung seines zerschundenen Leibes widmete. Gleich einem Baum, der im Sturm gebrochen ward, doch noch immer tief im Erdreich wurzelte, lag der Krieger Tavian, in schwerer Bewusstlosigkeit gefangen, auf dem weichen Lager aus Moos und Fellen, das sie ihm bereitet hatte. Seine Atemzüge, zuerst flach und unregelmäßig, wurden unter Maras behutsamer Pflege allmählich fester, doch wichen sie nicht gänzlich den Schatten der Gefahr, die in seinen Wunden wie ein giftiger Dorn verborgen lag.

Mara, geleitet von jener uralten Weisheit, die ihr von den Ahnen überliefert war, setzte all ihre Künste ein, um Tavian von den Fesseln des Todes zu befreien. Sie ging mit Bedacht an ihr Werk und bereitete aus den Blüten, deren Farben im Zwielicht schimmerten, heilende Salben und Tinkturen, die nicht allein aus der Kraft der Pflanzen, sondern auch aus der geheimen Magie des Waldes selbst gespeist wurden. So mischte sie die zarten Blätter des Eisenkrauts mit dem goldenen Tau der Morgensonne und fügte Tropfen des Essenzwassers hinzu, das sie aus den violetten Blüten jener magischen Lilien gewonnen hatte, die nur tief im Innersten des Waldes wuchsen, wo der Wind der Menschen nicht wehte.

Mit zarten Fingern, deren Berührung so leicht wie der Hauch einer Feder war, legte sie die Salben auf die tiefen Schnitte und schmerzenden Male, die Tavian gezeichnet hatten. Die Wunden, von schwarzem Blut benetzt und durchdrungen von einer dunklen Kraft, die ihr fremd und doch von unheiliger Macht zu sein schien, weigerten sich jedoch, sich vollständig zu schließen, als sei der Krieger von einer finsteren Magie verflucht worden, deren Ursprung weit außerhalb der irdischen Sphären lag.

Tage vergingen, und Mara, deren Herz mit jeder Stunde der Sorge schwerer ward, spürte, wie ihre eigenen Kräfte durch die Anstrengung der

Heilung geschwächt wurden. Doch sie verweilte in ihrem stillen Bestreben, Tavian zu retten, getrieben von einer inneren Stimme, die ihr zuflüsterte, dass das Schicksal jenes Mannes untrennbar mit dem ihren und dem des Waldes verwoben sei. Ihre Hände ruhten nie, und ihre Augen waren stets auf ihn gerichtet, als sei sie eine Wächterin, die über das zarte Band zwischen Leben und Tod wachte, das an einem seidenen Faden hing.

Eines Abends, da der Mond in seiner vollen Pracht über den Wald aufstieg und sein bleiches Licht wie eine heilige Segnung durch das kleine Fenster der Hütte fiel, regte sich Tavian das erste Mal seit seiner Ankunft. Seine Lippen, zuvor verschlossen und vom Schmerz verzerrt, bewegten sich nun, und leise, kaum hörbare Worte drangen aus seinem Mund, gleich den Wispern des Windes, der durch die alten Bäume fuhr. Mara, die nahe an seiner Seite wachte, beugte sich tiefer über ihn, um seine Worte zu vernehmen, doch was sie hörte, waren keine zusammenhängenden Sätze, sondern Bruchstücke eines Rätsels, die die Dunkelheit in ihrem Herzen nur vermehrten.

Er sprach von Schatten, die sich in den Tiefen des Waldes ausbreiteten, von einer Macht, die weit älter als die Menschheit selbst war, und deren Wesen über das Begreifen sterblicher Sinne hinausging. „Die Finsternis…,“ murmelte er mit rauer Stimme, „sie erhebt sich… der Wald wird vergehen… wenn sie nicht aufgehalten wird…“ Dann verstummte er wieder, und ein Zittern ergriff seinen geschundenen Körper, als ob die Erinnerung an das, was er gesehen hatte, ihn in den Tiefen seiner Seele quälte.

Mara lauschte seinen Worten mit wachsender Unruhe. Ihr war wohl bewusst, dass der Wald, der sie umgab, mehr Geheimnisse barg, als sie je ergründen könnte, doch die Ahnung einer größeren Bedrohung, die weit über das hinausging, was sie bisher kannte, ließ ihr Herz von einer unbekannten Furcht erfüllt werden. Sie erkannte, dass dieser Mann, Tavian genannt, mehr war als nur ein gewöhnlicher Krieger, den das Schicksal zufällig auf ihre Lichtung geführt hatte. Sein Kommen, seine Wunden und die Dunkelheit, die ihn zu verfolgen schien, waren Teil eines größeren Gewebes, das sich nun um sie spannte und dessen Fäden in alle Richtungen verliefen, in Bereiche, die sie noch nicht zu sehen vermochte.

Die Nacht verging in drückender Stille, unterbrochen nur von den flackernden Flammen der Kerzen, die Mara aufgestellt hatte, um die

Dunkelheit fernzuhalten. Doch am nächsten Morgen, als der erste Schein des Tages durch die Bäume brach und die Vögel in den Wipfeln ihr fröhliches Lied anstimmten, öffnete Tavian endlich seine Augen. Sie waren klar und von einem tiefen Blau, das an die tiefen Seen in den Bergen erinnerte, doch in ihnen lag eine Schwere, die nichts mit der Erleichterung über seine Genesung zu tun hatte. Mara, die am Lager seines Bettes saß, beobachtete ihn aufmerksam, doch sie sprach nicht, sondern wartete darauf, dass er selbst das Wort ergreifen würde.

„Ich danke Euch, Herrin des Waldes," sprach Tavian mit heiserer Stimme, als er schließlich genug Kraft gesammelt hatte, um zu sprechen. „Euer Wirken hat mich vor dem Tode bewahrt, doch ich fürchte, der Kampf ist noch lange nicht vorüber. Es gibt eine Macht, die sich in den Schatten verbirgt, und sie strebt danach, den Wald, die Menschen und alles Leben zu verschlingen. Ich bin gekommen, um ihr zu begegnen, doch ich wurde überwältigt, und nun liegt es an Euch und mir, gemeinsam das Böse zurückzudrängen, ehe es zu spät ist."

Mara, in deren Herzen die Worte des Kriegers widerhallten, erkannte, dass sie von diesem Tage an nicht länger allein in ihrer stillen Hütte verweilen konnte. Das Schicksal hatte ihr einen Weg bereitet, auf dem sie nun zusammen mit Tavian gehen musste, und die Geheimnisse des Waldes, die sie so lange in Schweigen gehüllt hatte, würden sich bald vor ihren Augen entfalten, auf eine Weise, die sie noch nicht zu erfassen vermochte.

So begann die Heilung des Kriegers Tavian, doch zugleich begann auch ein neues Kapitel in Maras Leben, ein Kapitel voller Dunkelheit und Licht, voller Gefahren und Offenbarungen, das den Wald und seine Bewohner für immer verändern sollte.

Kapitel 4

DIE RÜCKKEHR DES BEWUSSTSEINS

Da brach eines Morgens, als das erste fahle Licht des jungen Tages über die Wipfel der uralten Bäume glitt und das Zwielicht der Nacht langsam aus den Tiefen des Waldes wich, der Krieger Tavian endlich aus dem finsteren Schlummer des Vergessens hervor und schlug mit mühsamer Anstrengung die Augen auf. Seine Lider, schwer wie der Stein, der die alten Ruinen des Reiches bedeckte, zitterten im schwachen Licht der Hütte, und seine Sinne, lange in den Nebeln des Todes gefangen, begannen allmählich, sich zu regen, gleich einem Wanderer, der nach einer langen und gefährlichen Reise heimkehrt, doch noch immer von den Schatten des Erlebten verfolgt wird.

Mara, die seit vielen Stunden in stiller Wachsamkeit an seinem Bette geharrt hatte, ohne Rast und Ruhe, bemerkte mit einem Anflug von Hoffnung und Erleichterung, dass das Leben sich wieder regte in dem geschundenen Körper des Fremden, der seit vielen Tagen und Nächten wie im Bann einer finsteren Macht gelegen hatte. Sie trat näher, ihr Blick von sanfter Sorge erfüllt, und sah, wie seine Lippen sich zu bewegen begannen, als wollte er sprechen, doch die Worte schienen ihm nur zögerlich über die Lippen zu kommen, als müsse er sich erst aus den Tiefen eines dunklen Traumes emporarbeiten.

„Wo… bin ich?" flüsterte er mit einer Stimme, die rau und zerbrochen klang, gleich einem Ast, der unter der Last des Schnees bricht. Seine Augen, die einst wohl von großer Klarheit und Stärke zeugten, wirkten nun trübe, als sei der Schleier des Todes noch nicht gänzlich von ihnen genommen. „Was ist geschehen?"

Mara beugte sich sanft zu ihm herab, ihre Hand ruhte leicht auf seiner Stirn, die noch immer heiß und von fiebriger Glut gezeichnet war. „Ihr seid in Sicherheit," sprach sie mit jener sanften Ruhe, die nur die Kennerin der Geheimnisse der Natur und der Magie besitzen konnte, „denn der Wald hat Euch in seine Obhut genommen, und ich, Mara, die Blumenhexe, habe über Euer

Leben gewacht. Doch nun müsset Ihr ruhen und Eure Kräfte wiederfinden, denn die Wunden, die Euer Körper trägt, sind tief, und die Dunkelheit, die Euch umschlossen hat, ist noch nicht gänzlich gewichen."

Tavian, dessen Gedanken sich nur langsam und widerwillig sammelten, versuchte, die Bruchstücke seiner Erinnerung zu fassen, doch sie glitten ihm immer wieder aus den Händen, wie Wasser, das durch die Finger rinnt. Er konnte sich des Ortes, an dem er sich nun befand, nicht entsinnen, noch wusste er genau, wie er dorthin gelangt war. Doch in den tiefsten Winkeln seines Geistes regte sich eine schreckliche Erinnerung, gleich einer Schlange, die sich um sein Herz wand und ihm den Atem raubte.

„Ein Feind," murmelte er schließlich, seine Stirn in schmerzlicher Anstrengung gerunzelt, „ein mächtiger Feind… der die Magie des Waldes… verderben will…" Seine Worte kamen langsam, als kämen sie aus den Tiefen eines bodenlosen Abgrunds herauf, und Mara, die ihn aufmerksam betrachtete, spürte, dass er sich quälte, diese finstere Wahrheit ans Licht zu bringen.

„Ein Fluch," setzte er mit brüchiger Stimme fort, „liegt über dem Walde… eine dunkle Macht, die nicht von dieser Welt ist… sie will alles zerstören, was gut und rein ist… die Bäume, die Blumen… selbst die Seelen derer, die hier wohnen… nichts wird verschont bleiben…" Er hielt inne, und ein Zittern ergriff seinen Körper, als habe die Erinnerung an das Grauen ihn mit kalter Hand berührt.

Mara, deren Herz bei diesen Worten schwer wurde, sah in seinen Augen die Spiegelung einer Gefahr, die weit größer war als alles, was sie bisher gekannt hatte. Sie verstand, dass der Krieger nicht bloß ein zufälliger Wanderer war, den das Schicksal in ihre Obhut geführt hatte, sondern dass er ein Bote war, ein Zeuge jener dunklen Mächte, die nun auf den Wald und all seine Bewohner zurollen sollten, gleich einem Unwetter, das sich über die Berge erhob.

„Wer seid Ihr, edler Krieger?" fragte Mara mit ruhiger Stimme, doch die Worte waren von tiefer Besorgnis getragen. „Und wie kamt Ihr, solche finstere Kunde in Euch tragend, in diesen Wald, der Euch so grausam empfangen hat?"

Tavian, dessen Körper noch immer schwach war und dessen Gedanken nur mühsam in geordnete Bahnen zu lenken waren, atmete tief ein, als versuche er, seine Kräfte für eine Antwort zu sammeln. „Ich bin Tavian," sprach er endlich, „ein Wanderer, doch auch ein Hüter… ich bin gesandt worden, um diese dunkle Macht zu finden und zu besiegen, bevor sie sich gänzlich ausbreitet… doch ich wurde überwältigt, von Kräften, die stärker sind, als ich es vermochte. Meine Erinnerungen sind trübe… doch ich weiß, dass das Böse, dem ich begegnete, noch nicht bezwungen ist. Es lauert noch immer im Schatten… und es wird zurückkehren."

Mara, deren Herz unwillkürlich in der Brust schneller schlug, spürte, dass die Zeit der Einsamkeit, die sie so lange umfangen gehalten hatte, nun einem neuen Kapitel weichen musste. Sie erkannte in Tavians Worten eine unausweichliche Wahrheit: Der Wald, der sie so lange beschützt und genährt hatte, war nun selbst in Gefahr, und nur durch die Verbindung ihrer Kräfte würde es möglich sein, das drohende Unheil abzuwenden.

„Seid gewiss," sprach sie nach einer Weile, ihre Stimme fest und von einer inneren Entschlossenheit getragen, „dass ich Euch nicht allein lassen werde in diesem Kampfe. Der Wald ist auch meine Heimat, und seine Magie fließt durch meine Adern, so wie das Blut der Erde durch die Wurzeln der Bäume strömt. Lasst uns vereint dieser Bedrohung entgegentreten, auf dass wir das Licht der Magie vor dem Verfall bewahren und die Finsternis, die droht, alles zu verschlingen, zurückdrängen mögen."

Tavian, dessen Blick nun klarer wurde, sah in ihren Augen die tiefe Weisheit und das ungebrochene Vertrauen, das aus den uralten Mächten des Waldes erwuchs. Zum ersten Mal seit seiner schweren Niederlage fühlte er die Flamme der Hoffnung wieder in sich lodern, wenn auch nur schwach, wie ein Funke, der in der Dunkelheit entzündet wird. Und so begann in jener Stunde ein vorsichtiges Band des Vertrauens zwischen den beiden, ein Bündnis, das in den kommenden Tagen und Nächten auf die Probe gestellt werden würde, als die Schatten der Bedrohung sich dichter um den Wald legten und die Dunkelheit sich ihren Weg bahnte, näher und näher an den Ort, der für so lange Zeit ein Hort der Ruhe und Magie gewesen war.

Und so ruhten Mara und Tavian, vereint durch die Notwendigkeit und das Schicksal, in der stillen Erkenntnis, dass der Kampf, der vor ihnen lag, weit größer war, als sie sich zuvor hatten vorstellen können. Doch in ihren Herzen trug jeder von ihnen die Flamme der Hoffnung, die selbst in der dunkelsten Stunde nicht gänzlich zu erlöschen vermochte.

Kapitel 5

DIE VERSCHWÖRUNG ENTHÜLLT

In jenen Tagen, da Tavian sich langsam von den grausamen Wunden erholte, die ihm im Dienste des Schicksals zugefügt worden waren, und die Nebel des Vergessens sich allmählich von seinem Geiste lösten, begannen die finsteren Wahrheiten, die ihn einst fast ins Grab getragen hatten, sich Stück für Stück in sein Gedächtnis zurückzukehren. Wie ein Fluss, der sich erst träge und zaghaft durch die Felsen bahnt, dann aber, befreit von den Hemmnissen, mit Macht ins Tal stürzt, so kam das Wissen über die Schrecken, denen er begegnet war, wieder an die Oberfläche seines Verstandes. Und Mara, die Blumenhexe, deren unermüdliche Pflege den Krieger dem Tode entrissen hatte, lauschte seinen Worten mit jener tiefen Sorge und wachsender Erkenntnis, die nur jene kennen, die am Rande großer Ereignisse stehen.

So saßen sie eines Abends, als der Himmel in blutroten Farben über den Baumkronen leuchtete und das Zwielicht die Schatten länger und drohender machte, in der kleinen Hütte, deren Wände noch immer die Heilkräuter und Blüten schmückten, die Mara seit jeher bewahrt hatte. Doch die Luft, die einst erfüllt war vom Duft der Magie und der Ruhe des Waldes, schien nun schwer und drückend, als ob sich selbst die Natur der Bedrohung bewusst war, die sich im Verborgenen regte.

„Die Schatten sind nicht nur auf diesen Wald beschränkt," begann Tavian mit einer Stimme, die noch immer geschwächt, doch klar und bestimmt klang, „denn was ich in den fernen Landen gesehen habe, reicht weit über die Grenzen dieser uralten Bäume hinaus. Eine Macht, finster und von uralter Bosheit durchdrungen, hat begonnen, sich zu regen. Ihre Diener sind die Dunklen Magier, die längst aus den Annalen der Geschichte verschwunden schienen, doch nun, wie Schlangen aus der Tiefe, kriechen sie wieder hervor."

Mara, deren Herz vor Ahnung bebte, neigte das Haupt und lauschte aufmerksam, während Tavian fortfuhr: „Sie haben sich im Verborgenen gesammelt, in den dunklen Hallen unter der Erde, wo kein Licht den Weg hinabfindet. Und in ihrer Habgier und Verblendung trachten sie nicht nur danach, die Macht über das Land und seine Menschen zu erringen, sondern auch die Magie selbst, die tief in der Erde ruht, zu verderben und zu ihrem grausamen Zwecke zu binden."

„Die Blumen, die in diesem Wald wachsen," fuhr Tavian mit einem Blick fort, der in die Ferne gerichtet war, „sind mehr als bloße Pflanzen. Sie sind der Anker der uralten Kräfte, die diesen Ort bewahren und vor dem Verfall schützen. Doch die Dunklen Magier wissen von ihrer Macht und trachten danach, sie zu beherrschen, auf dass sie die Kräfte, die in ihnen wohnen, in zerstörerische Waffen verwandeln mögen. Denn wer die Magie der Blumen in seine Gewalt bringt, vermag es, nicht nur den Wald, sondern auch die umliegenden Reiche zu unterjochen."

Mara erhob sich langsam von ihrem Platz, ihre Hände sanft über die Blüten streichend, die wie stumme Zeugen an den Wänden hingen, als wären sie ebenso vom Wissen um die Gefahr betroffen, die sich unaufhaltsam näherte. „So ist also der Wald selbst das Ziel dieser finsteren Verschwörung," sprach sie nach einer langen Stille, ihre Stimme leise, doch von einer inneren Kraft erfüllt. „Und all jene, die mit seiner Magie verbunden sind, sollen in das Netz der Zerstörung gezogen werden, das die Dunklen Magier aus ihren finsteren Höhlen heraus spinnen."

Tavian nickte langsam, seine Augen, die nun voller Schärfe und Entschlossenheit waren, ruhten auf Mara. „Ja, die Dunklen Magier sind fest entschlossen, die Macht des Waldes zu brechen und die Magie in eine schreckliche Waffe zu verwandeln. Sie streben danach, die heilige Balance zu stören, die seit den Anfängen der Zeit das Leben in Harmonie gehalten hat. Sollten sie Erfolg haben, so wird das Licht erlöschen, die Blumen werden welken, und das Leben selbst wird in Dunkelheit und Tod gehüllt werden."

Mara, deren Gedanken von den Worten des Kriegers durchdrungen waren, trat an das Fenster ihrer Hütte und blickte hinaus auf den stillen Wald, dessen Bäume nun im Dunkel der hereinbrechenden Nacht kaum mehr als Schatten waren, doch deren Präsenz noch immer stark und mächtig war. „Und doch," flüsterte sie, „ist der Wald nicht wehrlos. Seine Magie mag uralt und tief verborgen sein, doch sie ist nicht gebrochen. Noch gibt es Hoffnung, dass wir diese finstere

Verschwörung zerschlagen können, bevor sie ihre tödliche Frucht trägt."

Tavian stand nun auf, stützte sich schwach auf den Tisch, doch seine Haltung war die eines Mannes, der bereit war, das Schwert erneut zu ergreifen und dem Feind entgegenzutreten. „Ja," sprach er, „noch ist nichts verloren. Doch wir müssen schnell handeln. Die Dunklen Magier sind schlau und verschlagen, und ihre Pläne schreiten voran. Sie haben bereits begonnen, die Wege des Waldes zu verderben, und sie suchen nach dem Herzen der Magie, das tief im Inneren dieses Ortes ruht."

Mara wandte sich ihm zu, ihre Augen fest und voller Entschlossenheit. „Dann lasst uns nicht zögern," sagte sie mit jener Ruhe, die nur jene besitzen, die im Einklang mit den Kräften der Erde stehen. „Wir müssen die uralten Pfade betreten, die noch von keiner Menschenseele gefunden wurden, und die Wurzeln der Magie stärken, ehe die Dunklen Magier sie erreichen. Der Wald mag unser Schild sein, doch wir müssen ihn schützen, so wie er uns geschützt hat."

Und so begannen Mara und Tavian, sich auf eine Reise vorzubereiten, die sie tief in das Herz des Waldes führen würde, wo die Geheimnisse der Magie und die Bedrohung der Dunklen Magier gleichermaßen lauerten. Der Wald, der einst still und friedlich war, schien nun von einer drückenden Last erfüllt zu sein, als ob die Bäume selbst die Ankunft der Dunkelheit spürten, die sich unaufhaltsam näherte. Die Blumen, die Mara so lange gepflegt und geschützt hatte, wurden nun zum Ziel finsterer Pläne, doch sie schwor in ihrem Herzen, dass sie nicht kampflos in die Hände der Dunklen Magier fallen würden.

Denn der Wald war nicht nur ihre Heimat; er war das Herz der Magie selbst, und sein Schicksal war nun fest mit dem ihren und dem des Kriegers Tavian verbunden. Gemeinsam würden sie sich der drohenden Finsternis entgegenstellen, die nicht nur den Wald, sondern auch die umliegenden Reiche in den Abgrund zu reißen drohte. Und so begann ein neues Kapitel in ihrem Kampf gegen die Dunkelheit, das voller Gefahren und Opfer sein würde, doch auch voller Hoffnung auf die Rettung dessen, was ihnen am kostbarsten war.

Kapitel 6

DIE SUCHE NACH ANTWORTEN

Und so begab es sich, dass Mara, die Hüterin der magischen Blumen, und Tavian, der Krieger, welcher vom Schicksal gezeichnet war, in jenen düsteren Tagen, da die Schatten der Verschwörung immer dichter über dem Walde zusammenzogen, gemeinsam den Pfad der Suche beschritten, auf dass sie die Geheimnisse ergründen und den finsteren Plänen der Dunklen Magier auf den Grund gehen könnten. Sie wussten wohl, dass ihre Schritte sie tiefer in den uralten Wald führen würden, an Orte, die seit langem von keinem menschlichen Auge erblickt worden waren und deren Geheimnisse von den Wurzeln der Erde und den Flüsterstimmen des Windes gehütet wurden.

Die Bäume, die sie auf ihrem Wege umgaben, waren hoch und von solcher Altertümlichkeit, dass ihre knorrigen Äste und massiven Stämme gleich den Säulen eines vergessenen Tempels in den Himmel ragten, während der dichte Baldachin über ihnen das Licht der Sonne dämpfte, sodass nur blasse, flimmernde Strahlen den Waldboden erreichten, wie heilige Finger, die das Dunkel zu durchdringen suchten. Das Zwitschern der Vögel war verstummt, und nur das leise Rascheln der Blätter begleitete ihre Schritte, als sie tiefer und tiefer in das unentdeckte Herz des Waldes vordrangen.

Mara, in deren Seele die Magie des Waldes verwoben war, konnte die Veränderung in der Luft spüren, eine Spannung, die wie eine unsichtbare Hand über die Äste und Zweige strich und die Stille mit unheilvoller Erwartung erfüllte. Doch sie ließ sich nicht beirren, denn sie wusste, dass sie und Tavian eine Pflicht zu erfüllen hatten, die weit über ihre eigenen Schicksale hinausging. Der Wald, der einst friedlich und erhaben gewesen war, barg nun ein Geheimnis, das es zu entschlüsseln galt, wenn das Gleichgewicht nicht für immer gestört werden sollte.

„Dieser Weg," sprach Tavian leise, seine Augen, in denen ein tiefer Ernst lag, ruhten auf den sich windenden Pfaden, die sich vor ihnen auftaten, „führt uns nicht nur tiefer in den Wald, sondern auch in das Herz der alten Mächte, die einst diesen Ort schützten. Doch diese Mächte sind nicht mehr so wie sie einst waren. Sie sind bedroht, geschwächt von der finsteren Magie, die die Dunklen Magier in ihren widerwärtigen Plänen gegen den Wald entfesseln wollen."

Mara, deren Schritte fest und sicher auf dem weichen Boden hallten, sah Tavian aus den Augenwinkeln an. „Was wissen diese Magier von den Kräften des Waldes?" fragte sie mit jener leisen Entschlossenheit, die in ihrer Stimme lag, wenn sie den Dingen auf den Grund zu gehen suchte. „Wie können sie die heiligen Kräfte, die in den Blumen und Bäumen wohnen, zu ihrem eigenen Zwecke verderben?"

Tavian hielt inne und stützte sich für einen Augenblick gegen einen der alten Baumstämme, als müsse er sich an die Erinnerungen herantasten, die tief in ihm begraben lagen, gleich den uralten Wurzeln, die in der Erde verborgen waren. Seine Augen, die einst klar und hart wie Stein gewesen waren, flackerten für einen Moment, als ob eine schwere Bürde auf ihnen lag.

„Es war nicht immer so," begann er schließlich, seine Stimme sanft und doch von einem Hauch von Trauer durchzogen. „Einst, vor vielen Jahren, gehörte ich einer Bruderschaft an, deren Schwur es war, die heiligen Stätten des Waldes zu schützen. Wir waren Krieger, aber nicht nur im leiblichen Sinne; wir waren auch Hüter des Wissens, das von den Alten an uns weitergegeben wurde, jene, die die Geheimnisse des Waldes bewahrten und die Magie, die in ihm wohnte, achteten."

Mara hielt inne, ihre Augen auf Tavian gerichtet, während er fortfuhr. „Unsere Bruderschaft nannte sich die Wächter des Grüns, und wir schworen, mit unserem Leben den Wald zu bewahren und seine Geheimnisse vor jenen zu schützen, die sie missbrauchen wollten. Doch die Dunklen Magier…" Er hielt einen Moment inne, als ob ihm die Worte schwer auf der Zunge lagen, „sie haben unser Bündnis verraten. Einst waren sie Teil jener, die das Wissen um die Magie teilten, doch ihre Gier und ihr Streben nach Macht führten sie auf einen dunklen Pfad."

Mara spürte ein leises Beben in ihrem Herzen, als sie diese Worte vernahm. „Ihr wart also einer von ihnen?" fragte sie leise, doch in ihrer Stimme lag keine Anklage, nur die Ahnung einer schmerzhaften Wahrheit.

„Nein," antwortete Tavian rasch, „nicht einer von ihnen. Doch ich war nahe genug, um zu sehen, wie die Dunklen Magier den alten Pfad verließen und sich der finsteren Magie verschrieben. Ihre Macht wächst nicht aus der Erde oder dem Licht, sondern aus dem Dunkel der Verderbnis, aus dem Missbrauch jener Kräfte, die einst rein und heilbringend waren. Sie wollen die Magie des Waldes nicht bewahren – sie wollen sie beugen, sie zu einer Waffe machen, mit der sie die umliegenden Lande unterwerfen und ihre dunklen Herrschaftsansprüche erfüllen können."

Mara, die vor den Worten Tavians still verharrte, fühlte, wie eine drückende Last ihr Herz zu beschweren begann. Die uralten Blumen, die sie so lange behütet hatte, waren nicht nur einfache Geschöpfe der Natur; sie waren das Gefäß einer Magie, die älter war als die Zeit selbst. Und nun strebten jene, die einst in den Hallen des Wissens wandelten, danach, diese Magie zu verderben und zu einem Werkzeug der Zerstörung zu machen.

„So ist es also," sagte sie nach einer Weile, ihre Stimme leise und fest zugleich, „dass wir nicht nur gegen die Dunklen Magier kämpfen, sondern auch gegen die Verfälschung und den

Missbrauch jener heiligen Kräfte, die den Wald und die Welt bewahren. Es ist unser Schicksal, dies zu verhindern, Tavian. Und wenn Eure Bruderschaft gefallen ist, so müsst Ihr dennoch Eure Rolle als Wächter erneut aufnehmen, an meiner Seite, und die Dunkelheit zurückdrängen, bevor es zu spät ist."

Tavian neigte sein Haupt in stillem Einverständnis, und gemeinsam setzten sie ihren Weg fort, tiefer in das Herz des Waldes, wo die uralten Kräfte noch immer ruhten, verborgen vor den Augen der Welt, und doch bereit, sich zu regen, wenn ihre Zeit gekommen war. Die Luft um sie herum schien sich zu verdichten, und Mara spürte, wie die Magie des Waldes auf sie reagierte, wie ein leiser Ruf, der sie tiefer in die Geheimnisse zog, die seit unzähligen Jahren gehütet worden waren.

Und so suchten Mara und Tavian nach den Antworten, die sie benötigten, um die drohende Verschwörung zu enthüllen und den Wald und seine magischen Blumen vor der Zerstörung zu bewahren. Ihr Pfad war dunkel und voller Gefahren, doch in ihren Herzen trugen sie die Hoffnung, dass die alten Kräfte des Waldes sie führen und ihre Feinde zurückdrängen würden, ehe die Finsternis die Oberhand gewann.

Kapitel 7

EINE WACHSENDE VERBINDUNG

In jenen Tagen, da Mara, die Blumenhexe, und Tavian, der Krieger der alten Bruderschaft, Seite an Seite durch die tiefen Pfade des Waldes schritten, weit entfernt von den Sorgen und Trugbildern der menschlichen Welt, begann sich eine stille, doch mächtige Verbindung zwischen ihnen zu entfalten, gleich den unsichtbaren Fäden des Schicksals, die in den Sternen selbst gewebt wurden. Die Zeit, die sie miteinander verbrachten, war erfüllt von langen Gesprächen und stillen Augenblicken, in denen Worte nicht nötig waren, um jenes Band zu festigen, das sich allmählich zwischen ihnen spannte, zart wie das Gewebe einer Spinne, doch unzerbrechlich wie die uralten Wurzeln, die tief in die Erde griffen.

Der Wald, in dessen Schatten sie wandelten, war gleichsam Zeuge und Teil dieser

Verbindung. Die Bäume, deren Äste sich hoch über ihnen in das himmlische Gewölbe reckten, schienen ihre Schritte zu lenken, und die Blumen, die in schillernden Farben aus den tiefen Schluchten und den verwunschenen Lichtungen hervorsprossen, öffneten ihre Blüten wie stumme Wächter, die das Erwachen einer Kraft erkannten, die weit über das hinausging, was die Augen der Menschen zu sehen vermochten.

Tavian, dessen Körper noch immer die Spuren der Schlacht und die Narben des Überlebens trug, spürte, wie seine Kräfte Tag für Tag zurückkehrten, doch er wusste wohl, dass es nicht allein seine körperliche Stärke war, die ihn stärkte. Es war vielmehr die stille Präsenz Maras, deren magische Gaben gleich einem sanften Fluss durch die Erde strömten und seinen Weg mit Heilung und Kraft durchdrangen. In ihrer Nähe schien das Leid der Vergangenheit in die Ferne zu rücken, und seine Seele fand einen Frieden, den er seit langer Zeit nicht mehr gekannt hatte.

Mara hingegen, die seit vielen Jahren in der stillen Abgeschiedenheit ihres Waldes gelebt hatte, fand in Tavian eine unerwartete Vertrautheit, die sie anfangs nicht zu begreifen vermochte. Seine Worte, seine Art, den Wald zu durchwandern, und seine tiefe Verbundenheit mit den uralten Kräften, die in der Natur schlummerten, erinnerten sie an jene Geschichten, die ihr von den Alten überliefert worden waren – Geschichten von den Wächtern des Waldes, die nicht nur durch Stärke, sondern auch durch Weisheit und Demut geehrt wurden. Sie erkannte in Tavian nicht nur den Krieger, sondern auch den Hüter des alten Wissens, dessen Seele mit den Geheimnissen des Waldes verwoben war.

Eines Abends, als die Sonne langsam hinter den fernen Hügeln versank und die Farben des Himmels in flammendem Rot und zartem Purpur aufglühten, saßen sie an einer kleinen Lichtung, die wie ein verborgenes Heiligtum von den Bäumen umschlossen war. Der Wind, der durch die Zweige fuhr, trug den süßen Duft der Blumen mit sich, und das Zwitschern der Vögel, die sich auf die Nacht vorbereiteten, klang wie das sanfte Flüstern einer alten Melodie, die seit Anbeginn der Zeit in den Tiefen des Waldes erklungen war.

Mara, die ihre Hände sanft über die Blüten legte, spürte die vertraute Woge der Magie durch sich strömen. Sie schloss die Augen, und für einen Augenblick verschmolz sie mit den Kräften der Natur, als wäre sie selbst ein Teil des Waldes, ein lebendiger Strom von Energie, der die Blüten zum Blühen brachte und die Erde nährte. Als sie ihre Augen wieder öffnete, sah sie Tavian neben sich, und seine Augen, die sonst von einem tiefen Ernst durchdrungen waren, strahlten nun in einem milden Glanz, als habe er in der Stille des Waldes etwas erkannt, das ihn mit tiefer Ehrfurcht erfüllte.

„Eure Magie," sprach Tavian leise, als ob er fürchtete, die Stille der Lichtung zu stören, „ist nicht nur die Kraft der Heilung. Sie ist mehr, als ich bisher vermutet habe. Sie ist ein Teil dieses Waldes, so wie die Bäume und Blumen es sind. Und ich..." Er hielt inne, als ob die Worte ihm schwerfielen, „...ich spüre, dass meine eigene Stärke nur durch Eure Magie vollständig wird."

Mara, deren Herz bei diesen Worten sanft erbebte, sah Tavian an, und in diesem Moment erkannte sie, dass ihre Verbindung mehr war als nur eine zufällige Begegnung zweier Wanderer auf einem gemeinsamen Pfad. Ihre Magie und seine Stärke, so verschieden sie auch schienen, ergänzten sich auf eine Weise, die ihnen beiden bisher verborgen geblieben war. Es war, als hätten die uralten Kräfte des Waldes sie zusammengeführt, um etwas Größeres zu vollbringen, als sie es je allein gekonnt hätten.

„Vielleicht," antwortete Mara nach einer Weile, ihre Stimme sanft und nachdenklich, „liegt es nicht nur an uns, sondern an den Kräften des Waldes, die uns lenken. Eure Stärke und meine Magie sind zwei Seiten derselben Medaille. Und vielleicht... vielleicht ist es unser Schicksal, diese Kräfte zu vereinen, um den Wald zu schützen und jene Dunkelheit zu vertreiben, die sich ihrer bemächtigen will."

Tavian nickte langsam, als habe er in ihren Worten eine tiefe Wahrheit erkannt. „Ja," sprach er schließlich, „es ist unser Schicksal. Doch es ist nicht nur der Wald, den wir schützen müssen. Es ist auch das Band zwischen uns, das uns stark macht. Und in diesem Band, so glaube ich, liegt eine Kraft, die weit größer ist, als wir bisher erkannt haben."

Mara spürte, wie sich in ihrem Inneren eine sanfte Wärme ausbreitete, gleich einer Blume, die langsam ihre Blütenblätter öffnet und das Licht der Sonne in sich aufnimmt. In Tavian hatte sie nicht nur einen Gefährten gefunden, sondern auch jemanden, dessen Seele mit ihrer eigenen in einer tiefen, unausgesprochenen Verbindung stand. Und sie wusste, dass diese Verbindung nicht nur ihre Reise verändern würde, sondern auch das Schicksal des Waldes und all dessen, was darin lebte.

Die Nacht brach herein, und die Sterne funkelten am dunklen Firmament wie ewige Wachen über die Erde. Mara und Tavian saßen noch lange nebeneinander, die Stille des Waldes um sie her, und sie wussten, dass sie in jener Stunde eine neue Macht entdeckt hatten – die Macht der Liebe, die sich in der Verbindung von Magie und Stärke offenbarte und die nun wie ein leuchtender Stern über ihren gemeinsamen Weg wachte.

Kapitel 8

DIE GEFAHR RÜCKT NÄHER

Und es geschah in jenen finsteren Tagen, da die Schatten sich immer dichter über dem Walde breiteten und die unheilvollen Pläne der Dunklen Magier mit jedem vergehenden Augenblick näher an ihre Vollendung rückten, dass Mara und Tavian, jene ungleichen Gefährten, die durch die heiligen Pfade der Magie und der Tapferkeit verbunden waren, von einer drückenden Vorahnung ergriffen wurden, als ob der Wald selbst, der so lange ihre Zuflucht und ihr Verbündeter gewesen war, sie nun vor einer drohenden Katastrophe warnen wollte. Der Wind, der einst in sanften Melodien durch die Wipfel der uralten Bäume gestrichen war, trug nun ein seltsames Flüstern mit sich, das wie das Raunen vergessener Geister klang, und die Blätter, die zuvor in stiller Harmonie mit dem Kreislauf des Lebens getanzt hatten, begannen in einem unruhigen Reigen zu zittern, als ob sie die heraufziehende Dunkelheit bereits zu spüren vermochten.

Die Blumen, die Mara so lange mit ihrer Magie genährt und beschützt hatte, schienen ihre Blütenköpfe tiefer zu neigen, als seien sie von einer unsichtbaren Last niedergedrückt, und die Luft, die einst erfüllt gewesen war vom süßen Duft der Natur, trug nun eine seltsame Kälte in sich, die das Herz mit unheimlicher Furcht erfüllte. Es war, als habe der Wald selbst begonnen, sich zurückzuziehen, in Erwartung eines Sturmes, der bald mit all seiner zerstörerischen Kraft über ihn hereinbrechen würde.

„Die Gefahr rückt näher," sprach Tavian mit ernster Miene, als er und Mara auf einem jener verborgenen Pfade wandelten, die sich wie unsichtbare Adern durch das Herz des Waldes zogen. Seine Augen, geschärft durch Jahre des Kampfes und der Bewahrung, blickten aufmerksam in die Ferne, als ob er in den Schatten der Bäume die finsteren Gestalten der Magier bereits erahnen konnte. „Die Dunklen Magier beschleunigen ihre Pläne, und bald wird die Zeit kommen, da sie den ersten Schlag gegen den Wald und seine Magie führen werden."

Mara, deren Herz in düsterer Vorahnung bebte, wusste wohl, dass die Stunde der Entscheidung bald kommen würde. „Wir müssen die Menschen warnen," sprach sie mit fester Stimme, obwohl in ihrem Innern Zweifel und Sorge nagten. „Wenn die Dunklen Magier ihre finsteren Kräfte entfesseln, wird nicht nur der Wald leiden. Auch die Dörfer, die in seiner Nähe stehen, werden in das Chaos hineingezogen werden. Die Menschen müssen vorbereitet sein."

Und so entschlossen sie sich, den Wald zu verlassen und zurückzukehren in jenes Dorf, das in den Jahren, da Mara in stiller Abgeschiedenheit lebte, sie mit Misstrauen und argwöhnischen Blicken bedacht hatte. Der Weg war lang, und die Dunkelheit kroch bereits aus den Schluchten und Tälern herauf, als Mara und Tavian die ersten spärlichen Lichter des Dorfes erblickten, die sich wie schwache Sterne in der Ferne abzeichneten. Das Dorf, das von schmalen Wegen und einfachen Hütten geprägt war, lag still unter dem Himmel, als ob es von den heraufziehenden Gefahren nichts ahnte.

Als sie das Dorf erreichten, begegneten ihnen die Menschen mit jener Mischung aus Neugier und Misstrauen, die stets jene umgibt, die sich mit den Kräften der Natur und der Magie befassen. Die Dörfler, deren Gesichter von harter Arbeit und einfachen Freuden gezeichnet waren, sahen Mara und Tavian mit skeptischen Augen, und das Flüstern breitete sich schnell wie ein Lauffeuer durch die kleinen Gassen, als die Kunde von ihrer Rückkehr die Runde machte.

Mara, die spürte, dass ihre Worte auf Widerstand stoßen würden, trat dennoch mutig vor die Versammlung der Dörfler, die sich um sie scharte. „Höret mich, ihr guten Leute," begann sie mit erhobener Stimme, die von der drängenden Notwendigkeit ihrer Botschaft erfüllt war. „Dunkle Mächte erheben sich im Herzen des Waldes, und ihre Absichten sind von solch niederträchtiger Bosheit, dass nicht nur die Bäume und Blumen, sondern auch Eure Felder, Eure Häuser und Eure Lieben in Gefahr geraten werden, wenn wir ihnen nicht gemeinsam entgegentreten. Die Dunklen Magier, die längst vergessen geglaubt wurden, haben sich versammelt, um die Magie des Waldes zu verderben und in eine Waffe zu verwandeln, die das Leben selbst bedroht."

Doch die Worte, die Mara mit so viel Ernst und Überzeugung sprach, trafen nicht auf jene offene

Aufnahme, die sie erhofft hatte. Stattdessen erhob sich ein unruhiges Murmeln aus der Menge, und die Blicke der Dörfler, die zuvor von Neugier erfüllt gewesen waren, verdüsterten sich. Ein älterer Mann, dessen Gesicht von den Jahren und der harten Arbeit gezeichnet war, trat vor und sprach mit einer Stimme, die sowohl Zweifel als auch Trotz in sich trug: „Was wissen wir von diesen dunklen Mächten? Was wissen wir von diesen Magiern, von denen Ihr sprecht? Ihr, die Ihr so lange allein im Wald gelebt habt, was habt Ihr je für uns getan, dass wir Euch nun Glauben schenken sollten?"

Das Misstrauen, das sich in diesen Worten spiegelte, breitete sich wie ein Schatten über die Versammlung aus, und Mara spürte, wie die Distanz zwischen ihr und den Menschen, denen sie helfen wollte, größer wurde. Sie sah, wie die Dörfler sich untereinander verständigten, ihre Blicke misstrauisch und von Angst getrieben, und sie wusste, dass es nicht leicht sein würde, ihre Warnungen in die Herzen der Menschen zu tragen, die so sehr in ihren eigenen Ängsten und Zweifeln gefangen waren.

Tavian, der die Unruhe der Menge ebenso wahrgenommen hatte, trat nun vor und hob seine kräftige Hand, um die Aufmerksamkeit der Dörfler zu gewinnen. „Höret auf die Worte der Blumenhexe," sprach er mit jener tiefen Autorität, die ihm aus seinen Jahren als Krieger und Hüter des Waldes innewohnte. „Denn was sie sagt, ist die Wahrheit. Ich selbst habe den finsteren Plänen der Dunklen Magier gegenübergestanden und ihre Macht mit eigenen Augen gesehen. Wenn wir jetzt nicht handeln, wird es zu spät sein, und die Dunkelheit wird nicht nur den Wald, sondern auch Eure Lande verschlingen."

Doch obwohl Tavians Worte stärker und eindringlicher waren, war der Keim des Zweifels bereits gesät, und die Dörfler, die in der Stille der Nacht unter dem dunklen Himmel standen, blieben skeptisch. Einige nickten, als ob sie den Ernst der Lage verstanden, doch viele wandten sich ab, die Köpfe gesenkt, als könnten sie die Gefahr einfach durch Ignoranz abwehren.

Mara, die die Last der bevorstehenden Ereignisse in ihrem Herzen spürte, wusste, dass die Zeit gegen sie arbeitete. Die Dunklen Magier hatten bereits begonnen, ihre Netze zu spinnen, und der Wald war in größerer Gefahr als je zuvor. Doch ohne die Unterstützung der Menschen würden sie und Tavian allein gegen eine Macht kämpfen müssen, die weit größer war als alles, was sie bisher gekannt hatten.

„So möge es sein," flüsterte Mara leise, als sie und Tavian sich aus dem Dorf zurückzogen und wieder in den Wald eintauchten, dessen Schatten sie wie eine schützende Decke umgaben. „Wir werden kämpfen, mit oder ohne die Hilfe der Menschen. Denn der Wald ist unser Zuhause, und seine Magie ist unser Erbe. Möge das Schicksal uns beistehen in der Stunde der Dunkelheit."

Und so zogen sie weiter, in die dichten Tiefen des Waldes, wo die Luft schwerer wurde und die Blumen, die Mara so lange beschützt hatte, nun wie stumme Zeugen auf die bevorstehende Schlacht warteten.

Kapitel 9

DIE ERSTEN KÄMPFE

Und es begab sich, dass in den Tagen, da die dunklen Wolken des Unheils sich verdichteten und die finsteren Pläne der Dunklen Magier mit schleichender Gewissheit voranschritten, Mara, die Blumenhexe, und Tavian, der Hüter des Waldes, den ersten Schlag jenes drohenden Krieges erlebten, der sich über den heiligen Hain des Waldes zu entfalten begann. Wie die Wellen eines heranrollenden Sturmes, die erst sanft die Küste liebkosen und dann mit vernichtender Macht über das Land hereinbrechen, so sandten die Dunklen Magier ihre gehorsamen Diener aus, Wesen ohne Namen und Gesicht, um die Wege der Gefährten zu verstellen und sie mit Finsternis und Gewalt in die Knie zu zwingen.

Die Nacht war dicht herabgesunken und legte sich wie ein schwerer Mantel aus undurchdringlicher Schwärze über die Bäume, deren Äste nunmehr wie verdrehte Arme in den Himmel ragten, als suchten sie nach einem Halt in der aufziehenden Bedrohung. Der Mond, der sonst sein silbernes Licht über den Wald ergoß, war hinter dicken Wolken verhüllt, und die Sterne, die über den Pfaden der Sterblichen wachten, waren wie ausgelöscht. Die Luft selbst schien zu erstarren, als hielte sie den Atem an in Erwartung jener Ereignisse, die sich bald vollziehen sollten.

Mara und Tavian, die sich durch das dichte Unterholz bewegten, waren sich der Gefahr wohl bewusst, denn der Wald, in dessen uralten Tiefen sie sich verborgen glaubten, sprach zu ihnen mit einer Stimme, die nur jene hören konnten, deren Seelen mit seiner Magie verbunden waren. Die Vögel verstummten plötzlich, und die Bäume erzitterten leise, als ob der Hauch des Todes über sie strich. Die Magie des Waldes, die einst so friedvoll und heilsam war, schien sich zu regen, als spürte sie die Anwesenheit eines finsteren Einflusses, der sie zu vergiften suchte.

„Sie sind nah," sprach Tavian mit gedämpfter Stimme, während sein scharfer Blick durch die Dunkelheit glitt, als könne er die unsichtbaren

Fäden der Gefahr, die sich um sie zogen, mit bloßem Auge erkennen. Seine Hand ruhte auf dem Griff seines Schwertes, das an seiner Seite hing, ein altes, geschwärztes Klingenwerk, das in den Flammen vieler Schlachten gehärtet worden war. „Die Diener der Dunklen Magier sind bereits auf unseren Fersen. Wir müssen bereit sein."

Mara, die neben ihm stand, spürte die Unruhe des Waldes in ihrem Herzen wie ein schmerzhaftes Ziehen, das sie zu ihren magischen Kräften rief. „Der Wald wird uns beistehen," sprach sie mit leiser Entschlossenheit, „denn seine Magie ist noch nicht gebrochen. Die Blumen, die ich behüte, tragen noch immer die Kraft des Lebens in sich, und wir werden sie nutzen, um unsere Feinde zurückzudrängen."

Kaum waren diese Worte gesprochen, da erhob sich aus der Tiefe des Waldes ein Geräusch, das an das leise Zischen einer Schlange erinnerte, das sich zu einem bedrohlichen Rauschen steigerte, als die ersten Diener der Dunklen Magier aus den Schatten traten. Sie waren gehüllt in lange, dunkle Gewänder, ihre Gesichter verbargen sich hinter tiefen Kapuzen, und ihre Augen, so sie noch welche besaßen, leuchteten in einem unnatürlichen Glühen, als ob sie von den

Flammen des Verderbens selbst durchdrungen wären. Ihre Bewegungen waren lautlos und geschmeidig, gleich den Raubtieren der Nacht, und ihre Gestalt war von einer unnatürlichen Kälte umgeben, die alles Leben um sie her erstarren ließ.

Tavian, dessen Hand nun fest den Griff seines Schwertes umklammerte, zog die Klinge mit einem fließenden Schwung aus der Scheide, und das Geräusch des singenden Metalls hallte in der gespenstischen Stille des Waldes wider, wie der Ruf eines alten Geistes, der aus den Tiefen der Erde erwacht war. Ohne Zögern stürzte er sich in die Reihen der Feinde, seine Bewegungen waren schnell und präzise, als ob er in einem Tanz aus Stahl und Tod gefangen war. Mit jedem Hieb durchtrennte er die finsteren Gestalten, die ihn zu umringen suchten, und das metallische Klingen seines Schwertes erfüllte die Luft, während die Diener der Dunklen Magier wie Schatten unter seinen Schlägen fielen.

Doch die Dunkelheit war mächtig, und es schien, als ob mit jedem Feind, der fiel, ein weiterer aus den Schatten trat, um seinen Platz einzunehmen. Mara, die den Kampf aus nächster Nähe beobachtete, spürte, wie die Magie des Waldes in ihr erwachte und sich durch ihre Hände nach außen streckte, gleich einem unsichtbaren Netz aus lebendiger Energie, das bereit war, den Kampf aufzunehmen.

Sie trat vor und hob die Hände, ihre Augen schlossen sich, als sie die alten Worte der Macht murmelte, Worte, die seit den Zeiten der Urmütter von Mund zu Mund weitergegeben worden waren und die die Magie der Blumen zu entfachen vermochten. Sofort begann der Boden um sie her zu beben, und die Blumen, die zuvor still unter dem Schatten der Bäume geruht hatten, begannen, sich zu regen. Ihre Blüten öffneten sich weit, und aus ihnen strömte eine leuchtende Aura von solcher Kraft, dass die Dunkelheit, die die Diener der Magier umgab, zurückzuweichen schien, als hätte sie das Licht eines neuen Morgens geblendet.

Die Magie der Blumen wirkte wie ein lebendiger Schild um Mara und Tavian, und wo die finsteren Diener sich ihr näherten, wurden sie von den unsichtbaren Kräften zurückgedrängt, als ob sie von einer unsichtbaren Mauer aus Licht und Leben getroffen würden. Die Blüten, die von Maras Magie erfüllt waren, entfalteten ihre Kräfte in einem schimmernden Tanz, und ihre Farben erstrahlten hell in der Dunkelheit, als ob die Natur selbst sich gegen die Mächte des Verderbens zur Wehr setzte.

Tavian, der nun an Maras Seite kämpfte, fühlte, wie die Magie sie beide umschloss und seine eigenen Kräfte verstärkte. Mit jedem Hieb seines Schwertes schien die Dunkelheit schwächer zu werden, und die Diener der Dunklen Magier, die nun von der Magie der Blumen und der Stärke des Kriegers bedrängt wurden, wichen zurück, als ob sie den unsichtbaren Kräften, die sich gegen sie erhoben, nichts entgegensetzen konnten.

Schließlich, als der Kampf sich dem Ende neigte und die letzten Diener in die Schatten zurückkehrten, atmeten Mara und Tavian tief durch, ihre Körper von Anstrengung und Kampf gezeichnet, doch ihre Seelen erhoben durch die Erkenntnis, dass sie gemeinsam stärker waren, als die Dunklen Magier es je erwartet hätten.

„Der erste Schlag ist ausgeführt," sprach Tavian, als er das Schwert wieder in die Scheide gleiten ließ, „doch der Kampf ist noch lange nicht vorbei. Die Dunklen Magier werden zurückkehren, und sie werden nicht zögern, noch größere Kräfte gegen uns ins Feld zu führen."

Mara, deren Augen noch immer von der Magie der Blumen leuchteten, nickte langsam. „Der Wald hat uns heute beigestanden," sagte sie leise, „doch wir dürfen nicht ruhen. Die Dunkelheit ist stark, und sie wird weiter wachsen, bis sie uns zu verschlingen droht. Doch so lange die Magie der Blumen und die Stärke unserer Herzen ungebrochen bleiben, werden wir standhalten."

Und so, in jener Stunde der ersten Schlacht, als die Dunkelheit sich für einen Moment zurückzog und das Licht der Magie triumphierte, erkannten Mara und Tavian, dass der Weg, der vor ihnen lag, nicht leicht sein würde. Doch sie wussten auch, dass ihre Verbindung, die durch Magie und Stärke gefestigt war, die größte Waffe war, die sie gegen die drohende Finsternis in ihren Händen hielten.

Kapitel 10

DAS RITUAL DER BLÜTEN

In den düsteren Tagen, da die Wolken der Unheilsbotschaft schwer über den heiligen Hainen des Waldes lasteten und die finsteren Mächte der Dunklen Magier ihre Kreise enger um das Herz der uralten Natur zogen, geschah es, dass Mara, die weise Hüterin der Blumenmagie, auf eine Kunde stieß, die lange Zeit in den Tiefen der Vergangenheit verborgen gelegen hatte, verschüttet unter den Staub der Vergessenheit und den Schleiern der Zeit. Es war das Wissen um ein altes Ritual, dessen Ursprung in den Nebeln der ältesten Zeitalter lag, als die Welt noch jung war und die Kräfte der Natur in voller Harmonie mit den Seelen der Menschen flossen. Dieses Ritual, so erzählten die uralten Überlieferungen, vermochte es, die Magie der Blumen, die tief in der Erde wurzelten und durch das Licht des Himmels

genährt wurden, zu einem mächtigen Schutzschild zu erheben, stark genug, um selbst die finstersten Kräfte abzuwehren und die Reinheit des
Waldes zu bewahren.

Mara, deren Herz von jener geheimen Weisheit
bewegt wurde, erkannte, dass der Schlüssel zur
Rettung des Waldes in diesem vergessenen Ritual
lag. Doch es war kein leichtes Unterfangen, denn
das Ritual, so sagten die uralten Schriften, konnte
nur dann seine volle Macht entfalten, wenn die
seltensten und kostbarsten aller Blumen, jene violetten Blüten, die tief im unberührten Herzen
des Waldes verborgen lagen, gesammelt und in
einem Kreis der Macht zusammengeführt wurden. Diese Blumen, deren leuchtende Blütenblätter von einer einzigartigen Magie durchdrungen
waren, wuchsen nur in jenen geheimen Winkeln
des Waldes, die seit Jahrhunderten von keinem
Sterblichen mehr betreten worden waren.

„Wir müssen die violetten Blumen finden,"
sprach Mara mit tiefer Überzeugung, als sie die
alten Texte vor Tavian ausbreitete, deren ver-
gilbte Seiten von den Händen längst verstorbener
Hüterinnen beschrieben worden waren. „Nur
diese Blumen, deren Magie uralt und ungebrochen ist, können die Kräfte erwecken, die wir

benötigen, um das Ritual durchzuführen und den Wald vor dem Verfall zu bewahren."

Tavian, der still neben ihr stand und die alten Schriften betrachtete, nickte langsam, seine Stirn in tiefe Falten gelegt, als er die Ernsthaftigkeit der Aufgabe erfasste. „Es wird nicht leicht sein, jene Blumen zu finden," sprach er mit ruhiger Stimme, „denn der Weg ins Herz des Waldes ist gefährlich und voller Hindernisse, die von den Dunklen Magiern und ihren Dienern errichtet wurden. Doch wir dürfen nicht zögern, denn wenn das Ritual der Blüten versagt, wird der Wald untergehen und mit ihm all die Magie, die wir zu bewahren geschworen haben."

Und so machten sich Mara und Tavian auf, geführt von der alten Weisheit der Schriften und dem unerschütterlichen Glauben an ihre Mission, die tiefsten Tiefen des Waldes zu durchdringen, um die kostbaren Blüten zu finden, die sie für das Ritual benötigten. Der Weg, den sie beschritten, war von Dunkelheit überschattet, und die Luft, die einst voller Leben und Wohlgerüche gewesen war, war nun von einer drückenden Schwere erfüllt, als ob der Wald selbst in den Klauen eines unsichtbaren Feindes zitterte.

Die Bäume, die sich hoch über ihnen erhoben, schienen gleich stummen Wächtern über ihre Reise zu wachen, und das dichte Unterholz, das sie durchquerten, knirschte unter ihren Füßen wie die Knochen alter Geister, die längst in den Tiefen der Erde begraben lagen. Doch Mara, deren Seele fest mit den Geheimnissen des Waldes verbunden war, spürte die verborgenen Kräfte, die noch immer in der Erde schlummerten, und sie wusste, dass sie und Tavian dem Ruf der Magie folgen mussten, so lange, bis sie das geheime Herz des Waldes erreichten.

Nach langen Tagen der Wanderung, da sie tiefer und tiefer in das unbekannte Land vorgedrungen waren, fanden sie schließlich jene verborgene Lichtung, von der die alten Legenden sprachen. Sie lag umgeben von einem dichten Kreis aus mächtigen Bäumen, deren knorrige Äste wie die Arme uralter Riesen über sie wachten, und in ihrer Mitte erhob sich ein Hügel, auf dessen Spitze die gesuchten Blumen in voller Pracht erblühten. Die violetten Blüten, deren Farben in der Dämmerung leuchteten wie die ersten Sterne am Firmament, schienen von einer eigenen Aura umgeben zu sein, und ihr Duft erfüllte die Luft mit

einer Kraft, die sowohl süß als auch ehrfurchtge-
bietend war.

Mara, die sich vorsichtig den Blumen näherte,
spürte die alte Magie, die in ihren Blütenblättern
schlummerte, und mit zitternden Händen begann sie, die Blumen behutsam zu pflücken, als
würde sie kostbare Edelsteine aus der Erde bergen. Tavian, der mit wachsamem Blick die Umgebung im Auge behielt, stand an ihrer Seite, bereit,
sie vor jeglicher Gefahr zu schützen, die aus den
Schatten auftauchen könnte.

Als sie schließlich alle Blumen gesammelt hatten, richteten Mara und Tavian einen Kreis auf
der Lichtung ein, wie es die alten Schriften gebo-
ten hatten. Die Blumen wurden in die Mitte gelegt, und Mara begann, die uralten Worte des Rituals zu sprechen, die von den ersten Hüterinnen
überliefert worden waren, deren Stimmen nun
durch die Jahrhunderte widerhallten, getragen
von der Magie des Waldes.

Die Luft begann zu flimmern, als die Kraft des
Rituals erwachte, und die Blumen, deren Blüten
nun in einem hellen, magischen Licht erstrahlten,
begannen, ihre Macht zu entfalten. Ein sanfter
Wind erhob sich, der durch die Bäume fuhr und
die Dunkelheit, die sich um die Lichtung gelegt

hatte, zurückdrängte. Die Erde unter ihren Füßen bebte leicht, als ob die uralten Kräfte, die tief in den Wurzeln des Waldes schlummerten, sich nun erhoben, um den Ruf der Blumen zu beantworten.

Das Licht der Blüten erstrahlte in einem immer heller werdenden Glanz, bis es die gesamte Lichtung erfüllte und die Dunkelheit weit zurückwich, als ob sie von einem unsichtbaren Schutzschild ferngehalten würde. Mara und Tavian standen inmitten dieses magischen Kreises, ihre Hände fest miteinander verschränkt, und sie wussten, dass die Macht der Blumen nun stark genug war, um die erste Welle der Dunklen Magier abzuwehren.

Doch sie wussten auch, dass dies nur der Beginn einer langen Schlacht war, denn die Dunklen Magier würden nicht ruhen, bis sie die Magie des Waldes vernichtet oder sich ihrer bemächtigt hätten. Dennoch hatten Mara und Tavian in dieser Stunde das uralte Ritual der Blüten vollzogen und damit die erste Verteidigungslinie gegen die drohende Dunkelheit errichtet.

Kapitel 11

VERRAT IM DORF

So geschah es, dass Mara und Tavian, nachdem sie das uralte Ritual der Blüten vollbracht und die erste Welle der Dunkelheit zurückgedrängt hatten, sich wieder gen des Dorfes wandten, das am Rande des Waldes lag, um sich auf die kommende Schlacht vorzubereiten und die letzten Bündnisse zu schmieden, die ihnen im Kampf gegen die finsteren Mächte von Nutzen sein könnten. Die Reise, die sie dorthin führte, war erfüllt von der schweren Last des Wissens um die aufziehende Gefahr, und die Stille des Waldes, die sie einst als schützend empfunden hatten, schien nun von einem unheilvollen Raunen erfüllt, gleich einem Flüstern des Verrats, das sich tief in die Wurzeln der Erde eingenistet hatte.

Als sie schließlich das Dorf erreichten, dessen schmaler Pfad sich durch das Unterholz schlängelte wie der stille Lauf eines vergessenen Baches, bemerkten sie sogleich, dass eine seltsame Unruhe die Menschen ergriffen hatte, die sich in kleinen Gruppen vor den Hütten versammelten und mit hastigen Gesten und flüsternden Stimmen miteinander sprachen. Ihre Gesichter, die sonst von der Härte des täglichen Lebens und der Abgeschiedenheit geprägt waren, zeigten nun eine Mischung aus Furcht und Misstrauen, als ob ein dunkles Geheimnis unter ihnen kreiste, dessen Umfang sie nur zu ahnen wagten.

Mara und Tavian, die wohl die drückende Atmosphäre spürten, traten vor den Dorfältesten, dessen Gesicht, von tiefen Falten durchzogen, die Last vieler Jahre trug. Seine Augen, einst klar und voller Weisheit, waren nun getrübt von einer Sorge, die schwer auf seinen Schultern lag.

„Edler Ältester," begann Tavian mit fester Stimme, „wir sind zurückgekehrt, um die Vorbereitungen für die bevorstehende Schlacht zu treffen und das Dorf zu schützen. Doch wir spüren, dass etwas nicht in Ordnung ist. Was ist geschehen in unserer Abwesenheit?"

Der Älteste, der tief seufzte, bevor er sprach, senkte den Blick, als ob er sich der Schande bewusst sei, die über sein Dorf gekommen war.

„Große Dunkelheit hat unser Dorf umfangen,“ sprach er leise, „doch diese Dunkelheit stammt nicht nur aus dem Walde. Sie hat ihren Ursprung in den Herzen jener, die einst unsere Gefährten waren. Denn es ist ein Verrat geschehen, ein Verrat, der unser Dorf entzweien und uns alle in die Hände der Dunklen Magier treiben könnte, wenn wir nicht weise und vorsichtig handeln.“

Mara, deren Augen sich verengten, trat näher an den Ältesten heran. „Ein Verrat?“ fragte sie mit jener ruhigen Dringlichkeit, die ihre Stimme stets durchzog, wenn sie das Böse witterte. „Wer hat es gewagt, die Mächte des Verderbens zu unterstützen und den Wald, der uns alle nährt, dem Untergang zu weihen?“

Der Älteste hob langsam den Kopf und sah Mara und Tavian mit traurigen Augen an. „Es ist wahr,“ sprach er mit gebrochener Stimme, „dass einer von uns, einer, den wir einst als Freund und Verbündeten kannten, sich den Dunklen Magiern angeschlossen hat. Sein Name ist Thalric, und er hat in seiner Torheit und Verblendung den finsteren Kräften gedient, indem er ihnen Wissen über den Wald und die Magie unserer Ahnen preisgegeben hat. Er hat ihre Pläne unterstützt, um sich selbst Macht und Ansehen zu sichern, doch in Wahrheit hat er uns alle verraten.“

Tavian, dessen Gesicht sich bei diesen Worten verhärtete, ballte die Fäuste, während die Wut in seinem Innern aufstieg, gleich einer Flamme, die in den tiefen Schluchten seines Herzens entfacht wurde. „Thalric!“ rief er aus, und seine Stimme hallte in der stillen Luft des Dorfes wider. „Er war einer von uns, ein Hüter des Waldes, dem wir vertrauten. Wie konnte er es wagen, sich den Dunklen Magiern zuzuwenden und unser aller Schicksal in die Hände des Verderbens zu legen?“

Die Dörfler, die sich um sie geschart hatten, begannen unruhig zu murmeln, und eine Welle der Verunsicherung ging durch die Reihen der Menschen. Das Vertrauen, das sie einst in ihre Hüter und Gefährten gesetzt hatten, war nun zerbrochen, und Misstrauen breitete sich aus wie ein dunkler Nebel, der die klare Sicht vernebelte und die Gemeinschaft zerrüttete. Die Angst, die in ihren Herzen wuchs, drohte das Dorf zu entzweien, und die Stimmung wurde zunehmend chaotisch.

Mara, die spürte, dass der Verrat nicht nur eine Wunde in ihren Reihen geschlagen hatte, sondern auch die Einheit des Dorfes gefährdete, hob ihre Hand, um Ruhe zu gebieten. Ihre Stimme, klar und fest, durchdrang die aufkommende Unruhe, und die Menschen verstummten allmählich, als ob sie in ihrer Gegenwart einen Anker der Vernunft und der Hoffnung gefunden hätten.

„Höret mich, gute Leute," sprach Mara, und ihre Worte trugen die Weisheit der alten Hüterinnen in sich, „der Verrat ist eine schreckliche Tat, und er hat die Dunkelheit in unsere Mitte getragen. Doch wir dürfen nicht zulassen, dass er uns zerreißt und in den Abgrund stürzt, den die Dunklen Magier für uns vorbereitet haben. Wir müssen stark bleiben, zusammenstehen und die Gefahr mit vereinten Kräften abwehren. Denn nur in der Einheit liegt unsere Stärke, und nur, wenn wir einander vertrauen, können wir die Dunkelheit besiegen."

Die Dörfler, die ihre Worte hörten, begannen sich zu beruhigen, und das Murmeln verklang, als sie sich ihrer Lage bewusst wurden. Doch der Zweifel, der durch den Verrat gesät worden war, blieb in ihren Herzen, und Mara wusste, dass es nicht leicht sein würde, das Vertrauen wiederherzustellen, das durch Thalrics Hand zerstört worden war.

Tavian, der sich nun neben Mara stellte, legte seine Hand auf den Griff seines Schwertes und sprach mit einer Stimme, die von Entschlossenheit durchdrungen war. „Der Verrat hat uns geschwächt, das ist wahr," sagte er, „doch wir dürfen nicht zulassen, dass er uns völlig zerschlägt. Wir müssen uns auf die bevorstehende Schlacht vorbereiten und den Wald mit all unserer Kraft verteidigen. Lasst uns den Verräter finden und zur Rechenschaft ziehen, aber lasst uns nicht vergessen, dass die Dunklen Magier unsere wahren Feinde sind. Sie sind es, die den Wald zerstören wollen, und sie sind es, die wir besiegen müssen."

Und so, obwohl der Verrat das Dorf erschüttert und das Misstrauen in die Herzen der Menschen gesät hatte, blieben Mara und Tavian fest in ihrem Entschluss, den Wald zu verteidigen und die Dunklen Magier zu besiegen. Sie wussten, dass die Schlacht, die vor ihnen lag, nicht nur eine Schlacht um das Land und die Magie war, sondern auch eine Schlacht um das Vertrauen und die Einheit der Menschen, die in den Schatten des Waldes lebten.

Mit schwerem Herzen, doch ungebrochener Entschlossenheit, begannen sie, die Vorbereitungen für die bevorstehende Schlacht zu treffen, wissend, dass die Dunklen Magier näher rückten

und die Zeit der Entscheidung bald gekommen
war. Der Verrat war geschehen, doch die Hoffnung war noch nicht erloschen, und solange sie
in den Herzen der Menschen brannte, gab es
noch eine Chance, das Licht über die Dunkelheit
triumphieren zu lassen.

Kapitel 12

DIE SCHLACHT UM DEN WALD

Und so brach jene verhängnisvolle Stunde an, die seit vielen Tagen und Nächten wie ein unheilvolles Omen über den Bewohnern des Waldes und der Dörfer gehangen hatte, gleich einer dunklen Wolke, die sich zusehends verdichtete und das Licht des Himmels zu verschlingen drohte. Der Morgen, der sonst mit sanftem Glanz über die Baumwipfel flutete, brachte an jenem Tage keine Hoffnung, sondern trug in sich die schwere Last der bevorstehenden Schlacht, die zwischen den uralten Kräften des Waldes und den finsteren Mächten der Dunklen Magier entbrennen sollte.

Die Bäume, die einst in majestätischer Stille über die Pfade der Sterblichen wachten, neigten sich nun wie bedrängte Hüter unter dem Druck der sich erhebenden Dunkelheit, und der Wind, der durch ihre Äste fuhr, trug ein klagendes Lied mit sich, gleich dem Wehgeschrei vergangener Geister, die vor der drohenden Vernichtung warnten. Der Boden selbst schien in einem leisen Zittern gefangen, als ob die uralten Wurzeln, die tief unter der Erde in den geheimsten Winkeln des Waldes schlummerten, die herannahende Gefahr spürten und sich gegen das drohende Verderben zu wappnen suchten.

Im Herzen des Waldes, dort, wo die ältesten Bäume ihre gewaltigen Wurzeln in das heilige Erdreich gruben und die Magie am reinsten war, versammelten sich die Verteidiger, geführt von Mara, der Blumenhexe, und Tavian, dem kriegerischen Hüter der alten Bruderschaft. Seite an Seite standen sie, ihre Augen fest auf die sich nähernden Schatten gerichtet, die aus der Tiefe des Waldes krochen, gleich den unheiligen Boten einer Macht, die von Gier und Zerstörung getrieben war. Die Dunklen Magier hatten ihre Diener in großer Zahl ausgesandt, düstere Gestalten, gehüllt in Finsternis, deren Gestalt unklar war und deren Augen von unheilvollem Glühen erfüllt waren, gleich den Flammen des tiefsten Abgrunds.

„Die Stunde der Entscheidung ist gekommen,“ sprach Tavian mit fester Stimme, während er sein Schwert fest in den Händen hielt, das in der Morgendämmerung wie ein schwarzer Blitz glänzte. „Wir dürfen nicht weichen, Mara. Der Wald, die Magie und das Leben selbst stehen auf dem Spiel. Wenn wir heute versagen, wird die Dunkelheit alles verschlingen.“

Mara, deren Antlitz vor Entschlossenheit strahlte, hob ihre Hände, und um sie herum erwachte die Macht der Blumen zu neuem Leben. Die Blüten, die sie einst mit ihrer Magie durchdrungen hatte, öffneten sich weit und sandten einen Strom leuchtender Energie aus, der den Boden erfüllte und die Bäume wie lebendige Wächter in einem schimmernden Netz aus Licht und Kraft einhüllte. „Wir werden nicht weichen, Tavian,“ antwortete sie mit jener stillen Entschlossenheit, die in ihrer Stimme mitschwang, „denn die Macht der Natur, die durch uns fließt, ist stark. Solange wir einander und den Wald schützen, wird die Dunkelheit uns nicht überwältigen.“

Die Schlacht begann mit einem Dröhnen, als die Diener der Dunklen Magier aus den Schatten hervorstürmten, ihre Bewegungen lautlos und doch erfüllt von unheimlicher Geschwindigkeit. Sie wichen nicht zurück vor dem Licht, das aus den Blumen strömte, sondern stürzten sich mit finsterem Eifer auf die Verteidiger, als hätten sie kein anderes Ziel, als alles Leben, das sich ihnen entgegenstellte, zu vernichten.

Tavian, dessen Kampfkraft in jenen Momenten wie ein Feuer entbrannte, schwang sein Schwert mit solcher Präzision und Stärke, dass die Diener der Dunklen Magier unter seinen Schlägen fielen, gleich den Blättern eines Baumes, die vom Sturm zerrissen wurden. Jeder Hieb seines Schwertes schnitt durch die Schattenwesen wie ein Blitz durch das dichte Gewölk, und das metallische Klingen der Klinge erfüllte die Luft, als ob die Rufe längst vergangener Krieger durch die Zeit widerhallten.

Mara, die an seiner Seite kämpfte, nutzte ihre Magie, um die Angriffe der Feinde abzuwehren und die Kraft der Natur gegen sie zu lenken. Die Blumen, deren Magie nun voll entfaltet war, wirkten wie ein lebendiger Schild um sie her, und ihre Blütenblätter entfalteten sich in einem wirbelnden Tanz aus Licht, der die Dunkelheit durchdrang und die Diener der Magier zurückdrängte, gleich einer unsichtbaren Welle, die von der Macht der Erde selbst getragen wurde. Mit jedem Schritt, den Mara machte, schien der Wald um sie herum zu erwachen, und die Bäume, die sie umgaben, streckten ihre Äste wie schützende Arme aus, als ob die Natur selbst in den Kampf eingegriffen hätte.

Die Schlacht tobte in aller Heftigkeit, und die Luft war erfüllt vom Klang der Klingen, dem Flüstern der Magie und dem Zischen der Dunkelheit, die versuchte, das Licht zu verschlingen. Doch obwohl Mara und Tavian Seite an Seite kämpften, spürten sie, wie die Erschöpfung sich in ihren Gliedern ausbreitete, und die finsteren Kräfte der Dunklen Magier schienen unaufhaltsam zu wachsen, gleich den Wellen eines Ozeans, der immer weiter an die Küste drängt, bis er das Land überflutet.

Inmitten der Schlacht, als die Feinde in immer größerer Zahl heranströmten und die Dunkelheit um sie her dichter wurde, spürte Mara plötzlich, wie ein Hauch von Unsicherheit in ihr Herz drang, gleich einem kalten Wind, der durch eine offene Tür weht. Sie warf einen Blick zu Tavian, dessen Gesicht von Schweiß und Anstrengung gezeichnet war, und für einen kurzen Moment ergriff sie die Furcht, dass sie ihn verlieren könnte, dass die Dunkelheit, die sie umgab, zu stark war, um sie beide zu beschützen.

Tavian, der ihren Blick spürte, drehte sich zu ihr um, und in seinen Augen lag keine Furcht, sondern eine Entschlossenheit, die so stark war wie das Eisen, das er in den Händen hielt. „Vertraue auf unsere Stärke,“ sprach er, seine Stimme fest und ruhig, trotz des Chaos, das um sie herum tobte. „Die Liebe, die uns verbindet, ist mächtiger als jede dunkle Macht. Solange wir Seite an Seite kämpfen, wird die Dunkelheit uns nicht trennen.“

Diese Worte, gesprochen inmitten der wilden Schlacht, drangen tief in Maras Seele ein, und sie spürte, wie die Furcht, die sie ergriffen hatte, sich auflöste, gleich dem Morgennebel, der von den ersten Strahlen der Sonne vertrieben wird. Sie wusste nun, dass ihre Liebe nicht nur eine Kraft der Heilung und des Trostes war, sondern auch eine Waffe, die die Dunkelheit zurückdrängen konnte, denn sie war aus den tiefsten Wurzeln des Lebens selbst geboren.

Und so kämpften sie weiter, Seite an Seite, ihre Magie und seine Stärke vereint, bis die Diener der Dunklen Magier, geschwächt durch die unaufhörliche Kraft ihrer Angriffe, schließlich zurückwichen, gleich den Schatten, die vor dem ersten Licht des Tages weichen. Die Bäume, die den Kampf still beobachtet hatten, standen nun aufrecht und ungebrochen, ihre Äste wie Banner des Sieges erhoben, und die Blumen, die Mara und Tavian mit ihrer Magie geschützt hatten, blühten erneut, ihre Blütenblätter strahlend wie die Farben des Himmels nach einem Sturm.

Die Dunkelheit war zurückgedrängt, doch die Schlacht war noch nicht gewonnen. Mara und Tavian standen still inmitten des Waldes, ihre Herzen noch immer von dem Kampf erhitzt, doch sie wussten, dass ihre Liebe und ihre Vereinigung der Schlüssel zu ihrem Erfolg gewesen waren. Solange sie gemeinsam kämpften, solange sie sich aufeinander verließen, würde die Dunkelheit sie nicht überwältigen können.

Und so, in dieser Stunde der Entscheidung, als der Wald noch immer von der Bedrohung der Dunklen Magier heimgesucht wurde, trugen Mara und Tavian den Funken des Lichts in sich, der die Finsternis durchdringen und das Leben bewahren konnte.

Kapitel 13

DIE ENTSCHEIDUNG

Es begab sich in den finsteren Stunden, da die Schlacht um den heiligen Wald ihren blutigen Höhepunkt erreichte und die Schatten der Dunklen Magier sich wie ein düsteres Netz über die uralten Bäume legten, dass Mara, die Hüterin der Blumenmagie, und Tavian, der tapfere Hüter und Krieger, sich einer Wahrheit stellen mussten, die gleich einem schweren Stein auf ihren Herzen lastete. Denn die Zeit der Entscheidung war gekommen, jene Stunde, die über das Schicksal des Waldes, der Magie und des Lebens selbst entscheiden würde.

Der Wald, der einst in stiller Erhabenheit die Pfade der Sterblichen durchzog, war nun erfüllt von einem gewaltigen Kampf zwischen Licht und Dunkelheit. Die Erde bebte unter den Füßen der Kämpfenden, und die Luft war schwer von der

Macht der Magie und dem Dröhnen der Klingen, die aufeinanderschlugen, wie Blitze in einem tobenden Sturm. Über allem jedoch hing ein bedrückendes Gefühl des Unausweichlichen, als ob das Schicksal selbst seine Hand ausstreckte, um jene zu prüfen, die den Mut aufbrachten, ihm entgegenzutreten.

Mara und Tavian, deren Kräfte im Laufe des Kampfes bis an die Grenzen ihrer menschlichen und magischen Möglichkeiten erschöpft waren, standen Seite an Seite im Herzen des Waldes, umgeben von den letzten Verteidigern, die sich gegen die wogenden Wellen der Dunkelheit stemmten. Die Dunklen Magier, deren unheilvolle Präsenz wie ein giftiger Nebel die Luft durchdrang, hatten ihre Macht auf den Höhepunkt getrieben und versuchten nun mit aller Kraft, die uralten Geheimnisse des Waldes zu brechen und die Magie zu verderben, die in den tiefsten Wurzeln dieses Landes verborgen lag.

Inmitten dieses Getümmels, als die Sterne über ihnen in düsteren Wolken verhüllt wurden und die Nacht dichter und bedrohlicher wurde, erkannte Mara, dass der Kampf, so wie er geführt wurde, nicht durch bloße Stärke allein gewonnen werden konnte. Die Dunklen Magier waren durchdrungen von einer Macht, die älter und dunkler war, als sie es je vermutet hatte, und ihre Magie, so stark sie auch war, schien nicht genug, um diese uralte Finsternis endgültig zu bannen. Sie wusste, dass etwas Größeres nötig war, etwas, das tiefer in das Wesen der Magie selbst eingreifen musste.

Da stand Mara still und schloss die Augen, während um sie her der Kampf in unverminderter Heftigkeit tobte, und sie lauschte auf jene stille Stimme, die tief in ihrem Innern sprach – die Stimme der Magie, die mit der Erde und den Wurzeln des Waldes verbunden war, die Stimme der Liebe, die sie und Tavian auf ihrem schweren Weg begleitet hatte. Sie erkannte nun, dass es nicht nur ihre magischen Fähigkeiten waren, die den Wald retten konnten, sondern dass es die Verbindung zwischen ihr und Tavian war, die die größte aller Kräfte darstellte: die Kraft der Liebe, die stärker war als jede Dunkelheit und jede Furcht.

„Tavian," sprach sie, als sie die Augen wieder öffnete und ihn ansah, ihre Stimme ruhig und doch erfüllt von tiefer Entschlossenheit, „die Zeit ist gekommen. Es ist nicht nur unsere Magie, die diesen Kampf entscheiden wird. Es ist unsere

Liebe, die das wahre Licht gegen die Dunkelheit entfesseln kann."

Tavian, der ihre Worte hörte und die Wahrheit darin erkannte, sah sie mit jenen klaren Augen an, die von so vielen Kämpfen und Opfern gezeichnet waren, doch in denen nun eine tiefe Ruhe lag, als habe er die Bürde der Entscheidung angenommen. „Ich verstehe, Mara," sprach er leise, seine Hand suchte die ihre, und ihre Finger verschränkten sich fest, als ob sie ein gemeinsames Band beschwören wollten, das selbst die finstersten Mächte nicht zu zerreißen vermochten. „Unsere Liebe ist die Brücke zwischen den Welten. Sie ist die Kraft, die Leben schenkt und die Dunkelheit vertreibt. Doch ich fürchte, dass wir ein großes Opfer bringen müssen, um dies zu vollenden."

Mara nickte langsam, und in ihren Augen schimmerten Tränen, die nicht von Furcht oder Trauer herrührten, sondern von der tiefen Erkenntnis, dass jede große Tat ihren Preis forderte. „Wenn es so sein muss," flüsterte sie, „dann werde ich mit dir gehen, wohin uns das Schicksal auch führen mag. Denn unsere Liebe wird nicht enden, selbst wenn die Dunkelheit uns zu trennen sucht."

Und so, im entscheidenden Moment des Kampfes, als die Dunklen Magier ihre Kräfte zu einem letzten, vernichtenden Schlag gegen den Wald sammelten, traten Mara und Tavian vor, ihre Hände fest ineinander verschränkt, und sie schlossen die Augen, während sie die volle Kraft ihrer Liebe und ihrer Magie vereinten. Die Blüten, die Mara so lange behütet und genährt hatte, begannen in einem leuchtenden Glanz zu erstrahlen, und die Erde selbst schien unter ihren Füßen zu erwachen, als ob die uralten Geister des Waldes zu neuem Leben gerufen wurden.

Eine Woge aus Licht und Energie entfaltete sich um sie her, und sie spürten, wie ihre Seelen sich miteinander verbanden, wie sie eins wurden mit der Magie des Waldes und mit der Erde, die sie nährte. In diesem Augenblick, da sie ihre Kräfte vereinten, durchbrachen sie die Schranken der physischen Welt und erhoben sich zu einem Zustand reiner Magie und Liebe, der die Dunkelheit um sie her durchdrang und sie zerschmetterte, gleich dem ersten Licht des Morgens, das die Nacht vertreibt.

Die Dunklen Magier, die den vollen Zorn dieser reinen Kraft zu spüren bekamen, wichen zurück, ihre finsteren Gestalten begannen zu flackern und zu verblassen, als ob sie in sich selbst zerfielen. Ihre dunklen Diener lösten sich auf wie Rauch im Wind, und die Schatten, die den Wald bedrängt hatten, wurden von dem leuchtenden Glanz des Lebens und der Liebe hinweggefegt.

Doch in diesem Augenblick des Triumphs spürten Mara und Tavian auch die schwere Bürde des Opfers, das sie gebracht hatten. Ihre körperlichen Gestalten begannen zu verblassen, gleich den letzten Blütenblättern einer Rose, die im Herbstwind verwehen, doch sie spürten keinen Schmerz, sondern nur die tiefe Gewissheit, dass ihre Tat den Wald gerettet hatte und dass ihre Liebe für immer in den Wurzeln und den Blüten des Waldes weiterleben würde.

„Unsere Liebe wird ewig sein," flüsterte Mara, als sie sich an Tavian wandte, und in ihren Augen lag ein Leuchten, das heller strahlte als die Sterne am Nachthimmel. „Sie wird in den Blüten blühen und in den Winden des Waldes wehen. Kein Schatten wird uns jemals trennen können."

Tavian, dessen Herz nun ruhig schlug, drückte ihre Hand ein letztes Mal und lächelte. „Und so möge es sein," sprach er, „für alle Zeiten."

Und so, in jenem entscheidenden Moment, da die Dunkelheit endgültig besiegt wurde und die Magie des Waldes zu neuem Leben erwachte, opferten sich Mara und Tavian, um das Leben und die Liebe zu bewahren. Ihr Licht erlosch nicht, sondern ging in den Wurzeln und den Blüten des Waldes auf, und ihre Seelen verbanden sich mit der Magie, die nun für alle Ewigkeit den Wald durchströmte, gleich dem Fluss der Zeit, der niemals endet.

Kapitel 14

EIN NEUES ZEITALTER DER MAGIE

Und so begab es sich nach jenen schweren Tagen, da die Dunklen Magier besiegt und ihre finsteren Pläne zerschlagen worden waren, dass der Wald, der in all seiner Pracht und Macht die Kräfte des Lebens und der Magie bewahrt hatte, doch stark geschwächt und erschöpft dalag, als habe der lange Kampf einen tiefen Schatten über seine Wurzeln und Blüten gelegt. Die Bäume, deren Äste einst in stolzer Majestät gen Himmel ragten, hingen nun wie müde Greise, erschöpft von den Kämpfen, und die Erde selbst schien für einen Augenblick ihren Atem anzuhalten, als ob sie sich von den Wunden erholen müsse, die der Sturm des Bösen ihr zugefügt hatte.

Doch selbst in dieser Stunde der Stille und des Wiederaufbaus lebte die Magie noch immer, wenn auch tief in den verborgenen Tiefen des

Waldes, gleich einem schlummernden Feuer, das darauf wartete, neu entfacht zu werden. Mara und Tavian, die unsterblich geworden waren durch ihr großes Opfer, wandelten noch immer in den Geistern der Blumen und in den Winden, die durch die uralten Äste strichen. Ihre Seelen hatten sich mit der Magie des Waldes verwoben, und nun trugen sie jene erhabene Aufgabe, die Kräfte des Lebens zu erneuern und den Wald zu neuem Glanz zu führen, als Bewahrer des Gleichgewichts zwischen der Welt der Sterblichen und der Welt der Magie.

So geschah es, dass Mara und Tavian, deren Geister in den Wurzeln des Waldes ruhen und deren Liebe in jeder Blüte erblühte, das heilige Ritual der Blüten erneut wirkten, um die Kräfte der Erde zu stärken und die Wunden zu heilen, die durch die finstere Magie gerissen worden waren. Das Ritual, das einst in den Zeiten vor der Erinnerung der Menschen gehütet und bewahrt worden war, trug in sich die Macht, die uralte Magie des Waldes zu erneuern und die Erde zu nähren, auf dass sie wieder von Leben und Licht durchdrungen würde.

Die magischen Blumen, die so lange in tiefer Starre verharrt hatten, begannen sich allmählich zu regen. Ihre Blüten, die zuvor welk und blass geworden waren, öffneten sich in einem sanften und stillen Reigen, als ob sie das Licht des neuen Morgens willkommen hießen. Ihre Farben, die tiefen Violetttöne, die gleichsam die Essenz der Magie selbst in sich bargen, erstrahlten wieder in voller Pracht, und ein leiser Hauch von Leben durchströmte den Wald, als ob die Geister der Natur selbst in einem Lied des Neubeginns erwachten.

Um die uralte Lichtung herum, dort, wo das Herz der Magie pochte, begann die Erde sich wieder zu beleben. Das Gras, das einst verdorrt war, spross neu empor, und die Blumen, die Mara einst mit ihrer Magie erfüllt hatte, entfalteten ihre Blätter in einem stillen Triumph über die Dunkelheit, die sie bedroht hatte. Die Wurzeln der Bäume, tief in die Erde gegraben, nahmen neue Stärke auf, und die Stämme, die von den Kräften des Bösen gezeichnet waren, begannen sich zu heilen, als ob die Macht der Natur sie sanft und liebevoll umfing.

Die Luft, die einst von der Dunkelheit schwer geworden war, wurde nun von einer sanften Brise durchzogen, die den süßen Duft der magischen Blumen trug und die Erde mit neuer

Hoffnung erfüllte. Die Vögel, die so lange verstummt waren, erhoben wieder ihre Lieder, und die Tiere des Waldes, die sich tief in ihre Verstecke zurückgezogen hatten, traten zögernd wieder hervor, als ob sie die Wiedergeburt der Welt mit staunenden Augen betrachteten.

Das Ritual, das Mara und Tavian in ihrer unsterblichen Verbindung gewirkt hatten, verbreitete sich wie ein sanfter Strom durch den Wald und über die Grenzen hinaus, hinein in die Welt der Sterblichen, deren Leben seit jeher mit der Magie des Waldes verwoben gewesen war. Die Dörfer, die in den Schatten des Waldes gelegen hatten und die so lange von Furcht und Zweifel erfüllt gewesen waren, spürten nun die sanfte Berührung dieser neuen Magie, die sich in der Luft und in der Erde regte.

Die Menschen, die einst gezweifelt hatten, fanden neue Hoffnung in den Blumen, die an den Rändern ihrer Felder blühten, und die Tiere, die die Nahrung der Erde mit neuem Leben erfüllten. Es war, als ob die Welt selbst einen neuen Atemzug genommen hätte, und die Dunkelheit, die so lange über ihnen gehangen hatte, war nun gänzlich vertrieben.

Es war ein neues Zeitalter der Magie, das mit dieser Wiedergeburt begann – ein Zeitalter, in dem die Magie nicht mehr nur als eine ferne und geheimnisvolle Kraft betrachtet wurde, sondern als eine lebendige, pulsierende Macht, die in den Herzen der Menschen und in den Wurzeln der Erde wuchs. Die Magie der Blumen, die Mara einst gepflegt hatte, verbreitete sich über die Lande, und die Menschen lernten, die Kräfte der Natur mit Ehrfurcht und Demut zu ehren.

Die Dunklen Magier, die so lange die Welt mit ihrer finsteren Gier bedroht hatten, waren nun besiegt und zerstreut, ihre Macht gebrochen durch die Kraft der Liebe und des Lebens. Doch ihr Untergang war nicht nur das Ende einer Ära des Schreckens, sondern auch der Beginn eines neuen Zeitalters, in dem die Magie nicht mehr als etwas Gefährliches und Unheimliches angesehen wurde, sondern als ein Geschenk der Natur, das von allen Menschen geehrt und geschützt werden musste.

Und so wandelten Mara und Tavian, unsterblich vereint in den Geistern des Waldes, weiter durch die Blüten und Wurzeln, ihre Liebe erstrahlte in jeder Blüte, die auf der Erde erblühte, und ihr Opfer lebte in den Herzen jener weiter, die ihre Magie hüteten. Die Welt wurde von einer neuen Magie durchdrungen, die in den tiefsten Winkeln der Erde und im leisesten Flüstern des Windes spürbar war, und die Menschen, die einst voller Furcht gelebt hatten, traten nun in ein Zeitalter des Friedens und der Harmonie ein, geleitet von der uralten Weisheit der Natur und der Kraft der Liebe, die Mara und Tavian durch ihre Tat für immer bewahrt hatten.

So begannen die Menschen, das neue Zeitalter der Magie zu erkennen, und sie wussten, dass die Kräfte des Lebens und der Natur niemals erlöschen würden, solange die Liebe in ihren Herzen und die Magie in den Wurzeln der Erde weiterlebte.

Kapitel 15

DER BEGINN EINER NEUEN ZUKUNFT

Als die Dunkelheit endlich besiegt und die drohende Gefahr von den heiligen Hallen des Waldes genommen war, begann die Zeit, sich neu zu gestalten, als würde das Schicksal selbst die Fäden eines neuen Wandteppichs der Welt in die Hände derer legen, die mit Weisheit, Mut und Liebe in ihr gewirkt hatten. Der Wald, der in seinen Tiefen die Geheimnisse und die Kräfte des Lebens gehütet hatte, erblühte nun von Neuem, und die Luft war erfüllt vom süßen Duft der Blumen, deren Magie den Boden und das Herz des Waldes durchströmte. Es war, als sei die Welt aus einem tiefen Schlummer erwacht, gereinigt von der Finsternis, und als würde die Erde selbst den Neubeginn mit sanftem Atem empfangen.

Mara und Tavian, deren Seelen im Feuer der Prüfungen gestählt und durch die Kraft der Liebe untrennbar miteinander verbunden waren, standen nun inmitten des Waldes, der sich zu seinen früheren Ehren und seiner uralten Pracht erhob, gleich einem mächtigen Riesen, der nach langer Ruhe wieder zu voller Größe erwacht war. Die Bäume, die in ihrer Weisheit die Zeugen vieler Zeitalter gewesen waren, neigten sich in stummer Ehrfurcht vor der Macht, die durch Mara und Tavian gewirkt hatte, und die Blumen, die einst nur von zarten Blüten erfüllt waren, strahlten nun in Farben und Formen, die die Magie selbst in den Stoff der Wirklichkeit zu weben schienen.

Inmitten dieses neugeborenen Friedens, als der Wald in all seiner Erhabenheit die Narben der Schlacht ablegte und die Tiere und Menschen gleichermaßen zurückkehrten, um unter seinem Schutz zu leben, beschlossen Mara und Tavian, ihren Platz in dieser neuen Welt einzunehmen, nicht als Herrscher oder Gebieter, sondern als Hüter und Wächter, deren einzige Aufgabe es sein würde, das Gleichgewicht der Magie und des Lebens zu bewahren und die Harmonie zwischen Mensch und Natur zu wahren.

Mara, die in den Jahren des Kampfes und des Opfers ihre wahre Bestimmung erkannt hatte, nahm nun ihr Amt als Hüterin der magischen

Blumen mit der tiefen Demut und dem festen Entschluss an, die uralten Kräfte, die in den Wurzeln der Erde ruhten, zu pflegen und zu schützen. Ihre Hände, die einst nur Blüten gepflegt hatten, waren nun von der Kraft der Magie durchdrungen, die sie mit den Blumen verband. Sie wusste, dass sie die Brücke war zwischen der Welt der Sterblichen und der Welt der Magie, und sie spürte die sanfte, unaufhörliche Verbindung zu den Wurzeln, die tief unter dem Boden ruhten und die Magie in die Welt hinausströmten. Ihre Seele war mit dem Herzschlag des Waldes vereint, und ihr Geist wurde von jener Weisheit erfüllt, die die Alten vor langer Zeit in die Erde gesät hatten.

„Ich nehme dieses Amt an," sprach Mara, als sie auf der heiligen Lichtung stand, deren Blumen in sanftem Licht erstrahlten. „Ich werde die Hüterin der magischen Blumen sein und die Kräfte der Erde mit Sorgfalt und Liebe bewahren, auf dass die Magie, die in ihnen wohnt, niemals vergehe, sondern immerdar strahle, wie der Sternenhimmel, der über den Wäldern wacht."

Tavian, der an ihrer Seite stand, das Schwert an seiner Hüfte, das in vielen Schlachten geführt und in vielen Prüfungen erprobt worden war, sah sie mit jener Liebe und Ehrfurcht an, die in den Tiefen seines Herzens fest verankert war. Er wusste wohl, dass seine Rolle als Beschützer nicht mit der Schlacht gegen die Dunklen Magier endete, sondern dass er nun die Aufgabe hatte, die Hüterin der Blumen und den Wald, der sie nährte, gegen jegliche Bedrohung zu verteidigen, die in den kommenden Zeiten noch auftauchen mochte. Sein Mut war ungebrochen, und seine Entschlossenheit stark, denn in Maras Liebe und in ihrer gemeinsamen Aufgabe fand er die Erfüllung seines Lebens.

„Ich werde an deiner Seite stehen, Mara," sprach Tavian mit fester Stimme, „und ich werde der tapfere Beschützer dieses Waldes sein. Niemand wird die heiligen Blüten und die Kräfte der Magie schmähen, solange mein Schwert in meiner Hand ruht. Ich schwöre, dass ich dieses Land mit meinem Leben bewahren werde, so wie du die Magie mit deiner Kraft hütest."

Gemeinsam, als Hüterin und Beschützer, standen sie dort auf der Lichtung, und um sie her erstreckte sich der Wald, der wie eine lebendige Kathedrale über ihnen thronte, gleich den Säulen eines Tempels, der nicht von Menschenhand, sondern von der Hand der Natur selbst geschaffen worden war. Die Magie, die durch den Wald floss, durchströmte nun auch die Welt um sie her, und die Menschen, die in den Dörfern und Städten lebten, spürten den sanften Ruf der Harmonie, der sie zu einem neuen Leben aufrief – ein Leben, das nicht mehr durch die Gier nach Macht oder die Furcht vor der Dunkelheit bestimmt wurde, sondern durch die tiefe Erkenntnis, dass Mensch und Natur eins sein mussten, um in Frieden zu bestehen.

Und so begann ein neues Zeitalter, ein Zeitalter der Harmonie und des Friedens, in dem die Menschen lernten, die Kräfte der Magie zu ehren und mit ihnen im Einklang zu leben, anstatt sie zu fürchten oder zu beherrschen. Die Blumen, die Mara so lange gepflegt hatte, erblühten nun in allen Teilen des Waldes und darüber hinaus, und ihre Magie durchdrang das Land, die Flüsse und die Felder, so dass die Erde selbst erneuert und fruchtbar wurde. Die Dunklen Magier, deren finstere Herrschaft einst die Welt bedroht hatte, waren nun nur noch eine ferne Erinnerung, und ihre Macht war auf ewig gebrochen.

Mara und Tavian, deren Liebe stärker war als je zuvor, lebten in Frieden inmitten des Waldes, und ihre Namen wurden in den Liedern und

Legenden der Menschen besungen, als die Hüter
des Gleichgewichts und die Beschützer der Magie. Die Menschen, die sich einst vor der Macht
der Natur gefürchtet hatten, lernten nun, mit ihr
in Einklang zu leben, und das Land erblühte zu
neuer Pracht.

So begann die neue Zukunft, eine Zukunft, die
von Liebe, Magie und dem unerschütterlichen
Glauben an das Leben getragen wurde.

ÜBER DIE AUTORIN

Evelyn Willow wurde im beschaulichen Örtchen Monschau in der Eifel geboren, wo sanfte Hügel und dichte Wälder ihre Kindheit prägten. Aufgewachsen in einer ländlichen Umgebung, entwickelte sie früh eine tiefe Verbundenheit zur Natur, die bis heute ihre größte Inspirationsquelle ist. Als Kind streifte sie oft durch die einsamen Pfade und geheimen Winkel der umliegenden Wälder, wo sie die Stille und Magie der Natur in sich aufnahm. Diese Erlebnisse legten den Grundstein für ihre Leidenschaft für das Schreiben und die Erschaffung fantastischer Welten.

Eine Welt voller Bücher

Unvergessliche Abenteuer
Faszinierende Charaktere
Neue Welten und Ideen

Bei Infinity Gaze endet
die Lesereise nie!

Jetzt entdecken unter:
www.infinitygaze.com